KB184750

| 한국 한시선 |

해동시선海東詩選

조두현 譯

明文堂

머리말

이 책은 우리나라 역대 한시(漢詩)를 엮은 《해동시선(海東詩選)》에서 가려서 번역하였다.

한문이 우리나라에 들어와서 성행된 후 많은 학자가 지은 한시가 수를 헤아릴 수 없을 정도로 많다. 《해동시선》에 수록된 것은 구우일모(九牛一毛)에 지나지 않고 여기에 번역한 것도 《해동시선》의 일부에 지나지 않는데, 이 시들은 비교적 서정적인 면이 짙은 것 중 사람들의 입에 오르내리는 작품들이다.

번역이란 그리 쉬운 것이 아니다. 더구나 시의 번역이란 어렵다. 직역(直譯)하면 시적인 느낌이 적어지게 되고, 의역(意譯)하면 작자의 의도한 시상을 나타내기가 어려운 점이 많다.

여기 실린 시 번역은 직역과 의역적인 면을 살펴보고자 노력하였다. 그리고 시구 중 어려운 단어에 대하여는 주석을 달았고, 또 시인의 시상을 상기하여

대의를 첨가하였으며, 시인의 약전(略傳)을 붙여서
이해하는 데 참고하도록 하였다.

공자(孔子)가 말하기를 "시삼백(詩三百)에 일언이폐
지(一言以蔽之)하니 왈사무사(曰思無邪)"라 하였다.
한시나 현대 시나 모든 시의 경지는 진솔한 마음의
표현이므로, 우리 조상의 얼이 깃든 한시를 읽고 현
대 시와 비교하면 얻는 것이 많으리라 생각된다.

한시를 감상하는 데는 번역을 읽어보고, 원시를 대조
해 각자의 뜻한바 시상을 찾도록 힘써야 한다.

역자 씀

차 례

머리말 3

5

8

9

14

16

수장에게

與隋將于仲文₁여수장우중문

을지문덕(乙支文德)

귀신같은 꾀는 하늘의 이치를 연구하였고
기묘한 술책은 땅의 형세를 궁구하였도다.
싸움에 이겨 공이 이미 높으니
만족한 것을 알면 싸움을 그칠지어다.

神策究天文₂ 신책구천문

妙算窮地理₃ 묘산궁지리

戰勝功旣高 전승공기고

知足願云止 지족원운지

18

[주석]
1. 우중문(于仲文) 수(隋)나라 양제(煬帝) 때 대장.
2. 천문(天文) 일월성신(日月星辰) 및 천체 우주의 모든 현상.
3. 지리(地理) 지형(地形)의 험하고 평탄한 것 등의 여러 가지 이치.

[대의]
을지문덕이 영양왕(嬰陽王) 23년에 수(隋)나라 양제(煬帝)의 침략군 30만 대군을 살수(薩水)에서 맞아 싸울 때, 계략으로 이 시를 적장 우중문에게 지어 보낸 후 적의 방심(放心)을 틈타 전멸시켰다고 한다.

— 을지문덕 고구려의 명장(名將).

가을밤에

秋夜雨中추야우중

최치원(崔致遠)

가을바람에 홀로 시를 읊으니
세상에 내 마음을 아는 이 없네.
창밖에는 밤이 깊도록 비가 내리고
등을 밝히니 만리 고향으로 마음이 달리네.

秋風唯苦吟₁   추풍유고음
世路少知音₂   세로소지음
窓外三更₃雨   창외삼경우
燈前萬里心   등전만리심

[주석]
1. 고음(苦吟) 시를 괴롭게 읊음.
2. 소지음(少知音) 내 마음을 알아주는 사람이 적음. 시를 아는 사람이 적음.
3. 삼경(三更) 깊은 밤.

[대의]
최치원이 중국 당(唐)나라에 있을 때, 고국 생각이 나서 지었다.

— **최치원** 신라 말기의 학자·문장가. 자는 고운(孤雲)·해운(海雲). 12세에 당나라에 가서 희종(僖宗) 때 급제하여 한림학사가 됨. 귀국한 후 만년에 가야산에 들어가 수도함. 시호는 문창후(文昌侯). 문묘(文廟)에 배향(配享)함.

가야산에서
題伽倻山₁제가야산

최치원(崔致遠)

바위를 굴리는 물소리 골을 울리니
말소리가 옆에서도 들리지 아니하네.
항상 시비의 소리가 듣기 싫어서
이윽고 온 산이 물소리에 귀가 먹었네.

狂奔疊石₂吼重巒₃　광분첩석후중만
人語難分咫尺間　인어난분지척간
常恐是非聲₄到耳　상공시비성도이
故敎流水盡聾山　고교류수진롱산

[주석]

1. 가야산(伽倻山) 경상남도 합천에 있는 산으로 해인사가 있음.
2. 첩석(疊石) 첩첩이 쌓여 있는 돌. 바윗덩어리.
3. 중만(重巒) 첩첩한 산봉우리.
4. 시비성(是非聲) 옳고 그른 소리.

[대의]

가야산의 폭포를 보고 사람들을 경계하기 위하여 지었다.

— **최치원** 신라 말기의 학자·문장가. 자는 고운(孤雲)·해운(海雲). 12세에 당나라에 가서 희종(僖宗) 때 급제하여 한림학사가 됨. 귀국한 후 만년에 가야산에 들어가 수도함. 시호는 문창후(文昌侯). 문묘(文廟)에 배향(配享)함.

한송정

寒松亭[1]曲한송정곡

장연우(張延祐)

한송정에 달은 밝고
경포에 물결이 잔잔하다.
슬피 울면서 오락가락
애태우는 저 갈매기여.

> 月白寒松夜　월백한송야
> 波安鏡浦[2]秋　파안경포추
> 哀鳴來又去　애명래우거
> 有信一沙鷗　유신일사구

[주석]
1. 한송정(寒松亭) 강원도 강릉 경포대 근처에 있는 정자.
2. 경포(鏡浦) 강원도 강릉에 있는 호수.

[대의]
강릉 경포대의 풍경을 읊었다.

― **장연우** 고려 광종(光宗)·현종(顯宗) 때 문신. 중국어를 잘하여 중국 사신 접대를 전담함. 현종 때 벼슬이 호부상서에 이름.

벼슬길

下第贈登第者하제증등제자

이공수(李公遂)

태양은 금방에 빛나고
푸른 꿈이 벼슬길에 아롱아롱.
저 계수나무
그 가지 찬란한 빛을.

白日明金榜₁ 백일명금방
青雲₂起草廬 청운기초려
那知廣寒₃桂 나지광한계
尚有一枝餘 상유일지여

[주석]

1. 금방(金榜) 과거에 급제한 사람의 이름을 걸어 놓기 위하여 황금으로 만든 패.

2. 청운(靑雲) 청운의 뜻. 벼슬하여 출세하려는 마음.

3. 광한(廣寒) 광한전. 달나라의 궁전, 즉 월궁(月宮)을 말함.

[대의]

과거에 떨어진 사람이 과거에 급제한 벗에게 보낸 시다.

— **이공수** 고려 후기의 문신. 처음 이름은 수(壽), 자는 남촌(南村). 벼슬이 시중(侍中)에 이름. 시호는 문충(文忠).

배 안에서

舟中夜吟주중야음

박인량(朴寅亮)

멀리 삼한을 바라보니
가을바람에 갖가지 생각뿐.
배 위에 띄운 외로운 꿈길에
달은 지고 물결이 일렁인다.

故國₁三韓₂遠 고국삼한원

秋風客意多 추풍객의다

孤舟一夜夢 고주일야몽

月落洞庭₃波 월락동정파

[주석]

1. 고국(故國) 삼한(三韓)을 가리킴.

2. 삼한(三韓) 고구려 · 신라 · 백제.

3. 동정(洞庭) 중국에 있는 동정호. 호수를 동정호라고
도 씀.

[대의]

중국 송(宋)나라에 있을 때, 고국을 그리며 지었다.

— **박인량** 고려 전기의 학자. 자는 대천(代天), 호는
소화(小華). 문종(文宗) 때 송(宋)나라에 가서 문명
(文名)을 떨치고 좌복야 · 참지정사가 됨. 시호는 문렬
(文烈).

오자서의 사당에서

伍子胥[1]廟오자서묘

박인량(朴寅亮)

이 억울한 한은 동문에 걸려 있는데
강물은 예나 지금이나 파도치는구나.
사람들은 거룩한 옛 자취를 알지 못하고
다만 파도의 높낮음만을 묻고 있네.

掛眼東門憤未消　괘안동문분미소
碧江千古起波濤　벽강천고기파도
今人不識前賢志　금인불식전현지
但問潮頭幾尺高　단문조두기척고

1. 오자서(伍子胥) 중국 춘추시대 초(楚)나라 사람으로, 이름은 원(員)이고 자(字)는 자서임.

[대의]
오자서가 초(楚)나라에서 원한을 품고 오(吳)나라로 망명하여 대장이 되었다. 그는 오왕 부차(夫差)에게 월왕(越王) 구천(勾踐)이 쳐들어올 것을 미리 알고 간하다가 도리어 간신의 모함으로 죽게 되었다. 오자서는 죽기 전에 내가 10년 뒤에 월왕 구천의 침략으로 오나라가 망할 것을 볼 것이니, 두 눈을 뽑아 동문에 매달아 놓으라 하였다. 그의 말대로 10년 뒤에 월왕 구천의 침략으로 오나라는 멸망하였다. 이 시는 송(宋)나라에 갔을 때, 오자서의 사당에 들러 오자서의 충성을 읊었다.

— **박인량** 고려 전기의 학자. 자는 대천(代天), 호는 소화(小華). 문종(文宗) 때 송(宋)나라에 가서 문명(文名)을 날리고 좌복야·참지정사가 됨. 시호는 문렬(文烈).

봄바람

東宮₁春帖동궁춘첩

김부식(金富軾)

날이 처마끝에서 밝아오고
봄바람은 버들가지에 속삭인다.
순라군 새벽을 알리고
어느덧 침문을 향하여 문안드린다.

曙色明樓角₂   서색명루각
春風着柳梢   춘풍착유초
鷄人₃初報曉   계인초보효
已向寢門朝   이향침문조

32

[주석]
1. 동궁(東宮) 세자궁(世子宮).
2. 누각(樓角) 정자 모서리. 즉 정자의 뜻.
3. 계인(鷄人) 밤에 화재나 범죄 등이 일어나지 않게 살피고 지키는 일을 하는 사람. 야경꾼.

[대의]
세자궁의 봄빛을 보고 지었다.

— **김부식** 고려 인종(仁宗) 때 사가(史家). 자는 입지(立之), 호는 뇌천(雷川). 《삼국사기(三國史記)》를 지음. 묘청(妙淸)의 난을 평정하고 문하시중(門下侍中)이 됨. 시호는 문렬(文烈).

감로사에서
甘露寺次韻감로사차운

김부식(金富軾)

사람의 발이 닿지 않는 곳
눈길 따라 마음이 맑아 온다.
산은 가을이라 한결 아름답고
강물은 밤에도 맑게 비친다.
갈매기는 하늘 끝을 높이 날고
외로운 배는 바다 위를 둥둥 떠간다.
이 한낱 좁은 세상에서
반평생을 벼슬 찾아 헤맨 것이 부끄럽다.

> 俗客₁不到處   속객부도처
> 登臨₂意思淸   등림의사청
> 山形秋更好   산형추갱호

江色夜猶明　강색야유명

白鳥[3]高飛盡　백조고비진

孤帆獨去輕　고범독거경

自慙蝸角[4]上　자참와각상

半世[5]覓功名　반세멱공명

[주석]

1. 속객(俗客) 세상 사람을 말함.

2. 등림(登臨) 산에 오르고 강물에 임함.

3. 백조(白鳥) 갈매기, 백구(白鷗).

4. 와각(蝸角) 작고 좁은 집을 말함. 작은 나라나 세상으로도 볼 수 있음.

5. 반세(半世) 반평생.

[대의]

감로사의 절경 속에서 벼슬길에만 급급했던 자신이 부끄러움을 읊었다.

─ **김부식** 고려 인종(仁宗) 때 사가(史家). 자는 입지(立之), 호는 뇌천(雷川). 《삼국사기(三國史記)》를 지음. 묘청(妙淸)의 난을 평정하고 문하시중(門下侍中)이 됨. 시호는 문렬(文烈).

누가 내 마음을 알리오

樂道吟₁낙도음

이자현(李資玄)

봄은 갔어도 꽃이 피었구나
하늘은 맑은데 골짜기는 어둡다.
한 곡조 타고 싶어도
누가 내 마음을 알리오.

春去花猶在　춘거화유재

天晴谷自陰　천청곡자음

不妨彈一曲　불방탄일곡

祗是少知音₂　지시소지음

36

[주석]

1. 낙도음(樂道吟) 도를 즐겨 사는 것을 노래함.
2. 소지음(少知音) 내 마음(나의 시)을 알아주는 사람이 적음.

[대의]

세속을 떠나 산에 들어가 산수를 즐겨 사는 심정을 읊었다.

— **이자현** 고려 전기의 학자. 자는 진정(眞精), 호는 식암(息庵). 벼슬을 사양하고 춘천의 청평산(淸平山)에 들어가 선도(禪道)로써 즐겁게 살았다고 함. 시호는 진락(眞樂).

배 띄워라

使宋船上사송선상

최사제(崔思齊)

어느 곳이 끝인가
산과 물은 어디나 다름없구나.
그대 가는 곳이 어디뇨
바람 따라 배 띄워라.

天地何疆界₁ 천지하강계
山河自異同 산하자이동
君毋謂宋遠 군무위송원
回首一帆風 회수일범풍

38

[주석]
1. 강계(彊界) 국경.

[대의]
송(宋)나라에 사신으로 배를 타고 가는 사람을 위해서 지었다.

— **최사제** 고려 전기의 문신. 최충(崔沖)의 손자. 시호는 양평(良平).

뻐꾸기는 울고

偶吟우음

최승로(崔承老)

어디서 뻐꾸기가 우는가
술 생각이 난다.
산새는 즐거운 듯
봄을 만나 사랑을 속삭이네.

有田誰布穀₁   유전수포곡

無酒可提壺₂   무주가제호

山鳥何心緖   산조하심서

逢春謾自呼   봉춘만자호

[주석]

1. 포곡(布穀) 뻐꾸기.

2. 제호(提壺) 병을 가지고 술을 사러 감.

[대의]

봄이 와서 새들도 즐거워하는 계절에 느낀 것을 읊었다.

— **최승로** 고려 전기의 문신. 성종(成宗) 때 문하수시중(門下守侍中)으로 청하후(淸河侯)를 봉함. 시호는 문정(文貞).

비는 내리고
山中雨산중우

설손(偰遜)

간밤에 내린 비
바람이 지붕 위 띠풀을 날렸구나.
시냇물 소리가 멀리 들리고
낚싯배는 물결 따라 출렁이는구나.

一夜山中雨　일야산중우

風吹屋上茅1　풍취옥상모

不知溪水長2　부지계수장

只覺釣船高　지각조선고

[주석]
1. 옥상모(屋上茅) 옛날에는 지붕을 띠풀로 엮어서 덮
었음.
2. 계수장(溪水長) 물이 불어난 것을 말함.

[대의]
비바람이 거세게 불고 간 뒤 강물이 불어난 정경을 읊었
다.

— **설손** 고려의 문신. 자는 공원(公遠), 호는 근사재
(近思齋). 위구르인. 원나라에서 벼슬하다가 적을 피
하여 고려로 오자 공민왕(恭愍王)이 부원군(富原君)
에 봉하여 경주로 본적을 삼게 함.

대동강

大同江대동강

정지상(鄭知常)

비가 개니 언덕에 풀이 파랗구나
임을 보내니 슬픈 노래뿐.
대동강 물이 저렇게 도도하게 흐르는 것은
이별의 눈물 때문인가.

　　雨歇長堤草色多　　우헐장제초색다
　　送君南浦1動悲歌2　　송군남포동비가
　　大同江水何時盡　　대동강수하시진
　　別淚年年添綠波　　별루년년첨록파

[주석]
1. 남포(南浦) 지명.
2. 비가(悲歌) 이별의 슬픈 노래.

[대의]
대동강 변에서 다정한 친구를 이별하는 두터운 우정을 읊
었다.

— **정지상** 고려 인종(仁宗) 때 문신·시인. 특히 시는
만당체(晩唐體)를 얻어 유명했음. 묘청의 난에 내통
했다 하여 죽임을 당함.

벗을 보내며

送人송인

정지상(鄭知常)

뜰 앞의 나뭇잎이 떨어지니
방 틈에서 귀뚜라미가 운다.
바쁘게 떠나는 길은 막을 수 없는 것
끝없는 길을 혼자서 어디로 갈 것인가.
그대 사라진 산 너머에 내 마음이 치닫고
달 밝은 밤에는 꿈길에서 만나보리라.
남쪽 언덕에 봄풀이 돋아나리니
그때는 기약을 잊지 말고 돌아오게.

　庭前一葉落　정전일엽락

　床下百蟲悲　상하백충비

　忽忽₁不可止　총총불가지

　悠悠₂何所之　유유하소지

46

片心山盡處　편심산진처

孤夢月明時　고몽월명시

南浦春波綠　남포춘파록

君休負後期　군휴부후기

[주석]
1. 총총(忽忽) 바쁜 모습.
2. 유유(悠悠) 아득한 모습.

[대의]
벗을 보내며 당시의 정경을 묘사하고, 나중의 약속을 저버리지 말라는 간곡한 우정을 읊었다.

— **정지상** 고려 인종(仁宗) 때 문신·시인. 특히 시는 만당체(晩唐體)를 얻어 유명했음. 묘청의 난에 내통했다 하여 죽임을 당함.

개성사에서
開聖寺八尺房개성사팔척방

정지상(鄭知常)

꼬불꼬불 험한 산을 기어오르니

두어 간 절이 공중에 떠있다.

맑은 약수는 바위틈에서 떨어지고

담에는 이끼가 아롱져 안개가 뽀얗다.

조각달은 바위 난간 묵은 소나무 가지에 걸려 있
고

점점 이어진 산은 하늘 끝 피어오르는 구름 위에
솟아 있다.

이곳은 세상 티끌이 이르지 않는 곳

나그네만이 한가하게 긴 세월을 오가고 있다.

百步九折₁登巑岏₂ 백보구절등찬완

寺在半空唯數間 사재반공유수간

靈泉澄淸₃寒水落　　영천징청한수락

古壁暗淡蒼苔斑　　고벽암담창태반

石頭松老一片月　　석두송로일편월

天末雲低千點山　　천말운저천점산

紅塵₄萬事不可到　　홍진만사불가도

幽人獨得長年閒　　유인독득장년한

[주석]

1. 구절(九折) 아홉 번 꺾어 돎. 험한 길, 꼬불꼬불한
길.

2. 찬완(巑岏) 산이 높은 것.

3. 징청(澄淸) 물이 맑은 것.

4. 홍진(紅塵) 세상의 티끌. 속세를 말함.

[대의]

깊은 산속에 있는 개성사의 절경을 읊었다.

— **정지상** 고려 인종(仁宗) 때 문신·시인. 특히 시는
만당체(晩唐體)를 얻어 유명했음. 묘청의 난에 내통
했다 하여 죽임을 당함.

49

산방에서

山房₁산방

이인로(李仁老)

봄은 가도 꽃은 아직 남아 있고
해가 비쳐도 골짜기에는 녹음이 짙네.
두견새 우는 소리를 듣고
깊숙한 산골임을 비로소 알았네.

春去花猶在　춘거화유재
天晴谷自陰　천청곡자음
杜鵑₂啼白晝　두견제백주
始覺卜居深　시각복거심

[주석]
1. 산방(山房) 산속에 있는 집. 산가(山家)와 뜻이 같음.
2. 두견(杜鵑) 두견새. 두우(杜宇), 자규(子規), 귀촉도(歸蜀道)로도 불림. 우리말로 접동새라고 함.

[대의]
산방에서 봄이 지난 초여름 녹음(綠陰)의 계절을 읊었다.

— 이인로 고려의 문인. 자는 미수(眉叟), 호는 쌍명재(雙明齋). 명종(明宗) 때 급제하여 벼슬이 간의대부에 이름.

소상강 밤비 소리를 듣고서

瀟湘₁夜雨소상야우

이인로(李仁老)

가을이 강줄기 따라 깊어가는데
비바람이 뱃머리를 때리네.
밤이 되어 대숲에 배를 대니
잎마다 울리는 소리 마음이 추워지네.

一帶滄波₂兩岸秋　　일대창파량안추
風吹細雨灑歸舟　　풍취세우쇄귀주
夜來泊近江邊竹　　야래박근강변죽
葉葉寒聲總是愁　　엽엽한성총시수

1. 소상(瀟湘) 중국에 있는 넓은 호수. 여기서는 우리나라에 있는 호수를 빗대어 말한 것.
2. 창파(滄波) 넓은 호수의 물결.

[대의]
호수의 저녁 풍경, 곧 바람이 차가운 강 위에 배를 띄우고 대나무 소리에 서글픔을 느낀 심정을 읊었다.

— **이인로** 고려의 문인. 자는 미수(眉叟), 호는 쌍명재(雙明齋). 명종(明宗) 때 급제하여 벼슬이 간의대부에 이름.

공자의 사당에서
有感유감

안유(安裕)

등불을 밝히는 곳마다 염불하는 소리
노래를 부르는 집마다 굿하는 소리.
서너 댓 칸 되는 쓸쓸한 사당에
사람은 없고 가을 풀만 시들고 있네.

香燈處處皆祈佛₁ 향등처처개기불
絲管家家競祀神₂ 사관가가경사신
唯有數間夫子廟₃ 유유수간부자묘
滿庭秋草寂無人 만정추초적무인

54

[주석]

1. 기불(祈佛) 부처에게 불공을 드림.

2. 사신(祀神) 여러 잡신에게 굿을 함. 신들을 모셔 놓고 굿을 함.

3. 부자묘(夫子廟) 중국의 성인 공자(孔子)를 모신 사당.

[대의]

고려 때, 불교가 성행함에 따라 유교가 침체한 것을 읊었다.

— **안유** 고려 후기의 학자. 이름은 향(珦), 호는 회헌(晦軒). 원종(元宗) 때 급제하고 충선왕(忠宣王) 때 벼슬이 집현전 대제학이 되었음. 시호는 문성(文成). 문묘에 배향함.

경포대에서

鏡浦泛舟 경포범주

안축(安軸)

비가 갠 강둑에 가을빛이 어리는데
떠오는 배는 들길을 가듯 한가하네.
병 속처럼 둥근 호수에 티끌이 닿지 않고
하늘이 둥둥 떠 있는 호수는 그림같이 아름답구
나.
물결 위에는 갈매기가 오락가락하고
언덕길에는 나그네의 발걸음이 느리다.
사공아 노를 젖지 말라
달이 걸려 있는 잔잔한 호수를 바라보자.

雨晴秋氣滿江城₁   우청 추기 만강성
來泛扁舟放野情   내범 편주 방야정
地入壺中₂塵不到   지입 호중 진부도

56

天遊鏡裏₃畵難成　천유경리화난성

煙波白鷗時時過　연파백구시시과

沙路靑驢₄緩緩行　사로청려완완행

爲報長年休疾棹　위보장년휴질도

待看孤月夜深明　대간고월야심명

[주석]

1. 강성(江城) 강 언덕.

2. 호중(壺中) 경포대 호수 가운데를 말함.

3. 경리(鏡裏) 경포대 호수가 맑기가 거울과 같음을 말함.

4. 청려(靑驢) 나귀를 말함.

[대의]

강릉 경포대의 아름다운 경치를 읊었다.

— **안축** 고려 후기의 학자. 자는 당지(當之), 호는 근재(謹齋). 충숙왕(忠肅王) 때 벼슬이 찬성사(贊成事)에 이르고 흥령군(興寧君)을 봉함. 시호는 문정(文貞).

강을 건너며

熊津[1]渡[2]웅진도

강호문(康好文)

강물이 흘러흘러 바다로 들어간다
강물에 잠긴 산 그림자를 따라 배를 저어라.
언제나 세상이 조용할 것인가
저 강 위에 떠가는 갈매기의 몸이 되었으면.

江水茫茫[3]入海流   강수망망입해류
青山影裏一扁舟[4]   청산영리일편주
百年[5]南北人多事   백년남북인다사
只有沙驅得自由   지유사구득자유

[주석]
1. 웅진(熊津) 지명.
2. 도(渡) 나루를 건너다.
3. 망망(茫茫) 아득함.
4. 일편주(一扁舟) 조각배, 작은 배.
5. 백년(百年) 오랜 시일을 말함.

[대의]
강나루를 건너면서 갈매기가 자유롭게 노는 것을 보고 느낌이 있어 썼다.

― **강호문** 고려 후기의 문신. 자는 자야(子野), 호는 매계(梅溪). 공민왕 때 급제하여 벼슬이 판전교시사 (判典校寺事)에 이름.

산수도를 보고

晉州₁山水圖진주산수도

정여령(鄭與齡)

푸른 산줄기가 호수를 끼고 있으니
이것은 진주를 그린 산수도로다.
물가에 초가집이 보이는데
그림이라 우리 집이 안 보이네.

數點靑山枕碧湖 수점청산침벽호

公言此是晉陽圖₂ 공언차시진양도

水邊草屋知多少 수변초옥지다소

中有吾廬畫也無 중유오려화야무

[주석]
1. 진주(晉州) 경상남도에 있는 지명.
2. 진양도(晉陽圖) 진주를 그린 그림을 말함.

[대의]
진주를 그린 산수도를 보고 지었다.

— **정여령** 고려 인종(仁宗) 때 무신. 군부참모를 지
냄. 《파한집(破閑集)》에 이 시가 있을 뿐 다른 것은
미상.

벗에게

寄無說師[1]기무설사

김제안(金齊顏)

세상은 어지러운 것
10년 동안 내 마음에 때를 묻혔네.
지는 꽃을 보고 우는 새소리를 들으며
어느 깊은 산에서 살고 싶네.

世事紛紛[2]是與非   세사분분시여비

十年塵土[3]汚人衣   십년진토오인의

花落啼鳥春風裏   화락제조춘풍리

何處靑山獨掩扉   하처청산독엄비

[주석]
1. 무설사(無說師) 인명. 당시 김제안의 친한 친구임.
2. 분분(紛紛) 어지러운 것.
3. 십년진토(十年塵土) 10여 년 동안 벼슬에 있음을 말함.

[대의]
세상의 어지러움을 피하여 깊은 산중에서 모든 것을 잊고 살고 싶은 심정을 벗에게 서정한 시다.

― **김제안** 고려 후기의 문신. 자는 중현(仲顯). 공민왕(恭愍王) 때 신돈(辛旽)을 죽이려고 꾀하다가 누설되어 피살당함.

보덕굴
普德窟₁보덕굴

이제현(李齊賢)

싸늘한 바람이 바위틈에서 불어오니
시냇물은 깊어서 파라니라.
지팡이를 짚고서 절벽을 바라보니
높은 처마가 구름 속에 떠있도다.

陰風生巖谷₂　음풍생암곡

溪水深更綠　계수심갱록

倚杖望層巓₃　의장망층전

飛簷₄駕雲木　비첨가운목

[주석]

1. 보덕굴(普德窟) 금강산에 있는 굴.

2. 암곡(巖谷) 절벽의 계곡, 바위로 된 골짜기.

3. 층전(層巓) 층층으로 변해 있는 절벽.

4. 비첨(飛簷) 바위 위에 지은 집의 처마. 깊은 계곡에 서 있는 집을 말함.

[대의]

금강산 보덕굴의 층암절벽(層巖絶壁)의 웅장한 모습을 그렸다.

— **이제현** 고려 후기의 학자·문신. 자는 중사(仲思), 호는 익재(益齋)·역옹(櫟翁). 문정공(文定公) 이진(李瑱)의 아들. 충선왕(忠宣王)을 따라 원(元)나라 서울에 가서 조맹부(趙孟頫) 등과 사귐. 시호는 문충(文忠).

낚시터에서
漁磯1晩釣어기만조

이제현(李齊賢)

물고기가 뛰고 노는 호수가에
낚시를 드리우니 버들가지가 움직이네.
해가 져서 젖은 옷을 걷어 올리니
앞산에서 저녁연기가 비를 몰고 오네.

魚兒2出沒弄微瀾   어아출몰롱미란
閒擲纖釣3柳影間   한척섬조류영간
日暮欲歸衣半濕   일모욕귀의반습
綠煙和雨暗前山   녹연화우암전산

66

[주석]
1. 어기(漁磯) 낚시터.
2. 어아(魚兒) 고기. 물고기를 말함.
3. 섬조(纖釣) 줄로 고기를 낚는 낚시.

[대의]
낚시터에서 시간 가는 줄도 모르고 세상일을 잊고 세월을 보내는 한가한 모습을 썼다.

— **이제현** 고려 후기의 학자 · 문신. 자는 중사(仲思), 호는 익재(益齋) · 역옹(櫟翁). 문정공(文定公) 이진(李瑱)의 아들. 충선왕(忠宣王)을 따라 원(元)나라 서울에 가서 조맹부(趙孟頫) 등과 사귐. 시호는 문충(文忠).

봄비

春興₁춘흥

정몽주(鄭夢周)

봄비가 부슬부슬 내리더니
밤이 되니 빗방울 소리.
눈이 녹아 시냇물 소리 들리니
풀잎이 파릇파릇 돋아나리.

春雨細不滴　춘우세부적
夜中微有聲　야중미유성
雪盡南溪漲　설진남계창
草芽多小生₂　초아다소생

[주석]

1. 춘흥(春興) 봄의 흥취.

2. 다소생(多小生) 많은 것을 뜻함. 많이 났을 것이다.

[대의]

봄비 내리는 소리를 듣고, 이제 눈이 녹아 언덕에 풀이 돋아나는 초봄의 정경을 읊었다.

— **정몽주** 고려 말의 충신·대학자. 자는 달가(達可), 호는 포은(圃隱). 정습명(鄭襲明)의 10대 후손으로 동방이학(東方理學)의 조종(祖宗)이 됨. 공양왕(恭讓王) 때 문하시중으로 기울어가는 고려를 지키려다 선죽교(善竹矯)에서 조영규(趙英珪) 등에게 피살됨. 시호는 문충(文忠). 문묘에 배향함.

일본에서

奉使日本봉사일본

정몽주(鄭夢周)

섬나라에 봄이 돌아오나
하늘 끝에 떠도는 나그네.
풀은 천리를 연하여 푸르고
저 달은 두 나라를 밝게 비추네.
황금은 있다가도 없는 것
돌아갈 것을 생각하니 머리가 희어지네.
사나이 품은 큰 뜻이
어찌 이름만 남기기 위함인가.

水國₁春光動   수국춘광동
天涯₂客未行   천애객미행
草連千里綠   초련천리록
月共兩鄉₃明   월공량향명

70

遊說4黃金盡　유세황금진

思歸白髮生　사귀백발생

男兒四方志5　남아사방지

不獨爲功名　부독위공명

[주석]
1. 수국(水國) 일본. 섬나라의 뜻. 2. 천애(天涯) 하늘
가. 곧 일본에 있는 자신을 말함. 3. 양향(兩鄕) 우리나
라와 일본. 4. 유세(遊說) 일본에 사신으로 가서 외교하
는 것을 말함. 5. 사방지(四方志) 온 누리를 덮을 만한
기상. 곧 큰 포부의 뜻.

[대의]
사신으로 일본에 가서 고국을 그리는 마음을 썼다.

— 정몽주 고려 말의 충신·대학자. 자는 달가(達可),
호는 포은(圃隱). 정습명(鄭襲明)의 10대 후손으로 동
방이학(東方理學)의 조종(祖宗)이 됨. 공양왕(恭讓王)
때 문하시중으로 기울어가는 고려를 지키려다 선죽교
(善竹矯)에서 조영규(趙英珪) 등에게 피살됨. 시호는
문충(文忠). 문묘에 배향함.

71

강남곡

江南曲강남곡

정몽주(鄭夢周)

아가씨 꽃을 머리에 꽂고
짝을 불러 꽃놀이하네.
해가 저물어 돌아오는 길에
이 시름을 원앙새만 쌍쌍이 나네.

江南1女兒花揷頭　강남여아화삽두
笑呼伴侶游芳洲　소호반려유방주
盪槳2歸來日欲暮　탕장귀래일욕모
鴛鴦3雙飛無限愁　원앙쌍비무한수

[주석]
1. 강남(江南) 지명. 여기서는 따뜻한 남쪽을 가리킴.
2. 탕장(盪槳) 멋대로 노를 젓는 것. 호탕하게 놀면서
노 젓는 것을 말함.
3. 원앙(鴛鴦) 사이가 좋은 원앙새. 부부간 금실이 좋을
것을 인용하여 씀.

[대의]
강남에 사는 아가씨들이 봄날에 꽃놀이와 뱃놀이를 하면
서 이성을 그리워하는 심정을 묘사하였다.

— 정몽주 고려 말의 충신·대학자. 자는 달가(達可),
호는 포은(圃隱). 정습명(鄭襲明)의 10대 후손으로 동
방이학(東方理學)의 조종(祖宗)이 됨. 공양왕(恭讓王)
때 문하시중으로 기울어가는 고려를 지키려다 선죽교
(善竹矯)에서 조영규(趙英珪) 등에게 피살됨. 시호는
문충(文忠). 문묘에 배향함.

명원루에서

明遠樓명원루

정몽주(鄭夢周)

험한 산줄기를 돌고 돌아서 나가니
집이 높게 솟아 있고 눈앞이 환하게 열린다.
남쪽 밭에는 가을의 곡식이 누렇게 익어가고
서쪽 산에 서기가 어리더니 아침 해가 떠오른다.
풍류를 즐기는 사나이는 돈이 있어야지
친구를 만나면 3백 잔의 술은 마셔야지.
깊은 밤에 피리를 불고 싶어서
밝은 달을 어루만지며 거닐고 있다.

青溪石壁抱州回　　청계석벽포주회

更起新樓1眼豁開　　갱기신루안활개

南畝黃雲2知歲熟　　남무황운지세숙

西山爽氣覺朝來　　서산상기각조래

74

風流太守二千石　풍류태수이천석

邂逅故人3三百杯　해후고인삼백배

直欲夜深吹玉笛　직욕야심취옥적

高攀明月共徘徊　고반명월공배회

[주석]
1. 신루(新樓) 새로 지은 정자.
2. 황운(黃雲) 누런빛의 구름인데, 곡식이 익어서 반사
하는 빛을 받아 누렇게 된 구름이라는 뜻.
3. 고인(故人) 다정한 친구.

[대의]
명원루에서 절경을 바라보는 가을의 정감을 묘사하였다.

— 정몽주 고려 말의 충신·대학자. 자는 달가(達可),
호는 포은(圃隱). 정습명(鄭襲明)의 10대 후손으로 동
방이학(東方理學)의 조종(祖宗)이 됨. 공양왕(恭讓王)
때 문하시중으로 기울어가는 고려를 지키려다 선죽교
(善竹矯)에서 조영규(趙英珪) 등에게 피살됨. 시호는
문충(文忠). 문묘에 배향함.

75

달을 바라보면서

漢浦₁弄月 한포롱월

이색(李穡)

저녁놀에 모래는 더욱 희고
구름이 지나가니 물이 한결 맑구나.
밝은 이 달밤에
아, 피리 소리 들려왔으면.

日落沙逾白   일락사유백
雲移水更清   운이수갱청
高人₂弄明月   고인롱명월
只欠紫鸞笙₃   지흠자란생

[주석]
1. 한포(漢浦) 한강을 말함.
2. 고인(高人) 시인, 이상이 높은 풍류객.
3. 자란생(紫鸞笙) 악기 이름.

[대의]
강변의 모래사장에서 달빛을 바라보면서 느낀 시정을 읊었다.

— **이색** 고려 말의 문신·학자. 자는 영숙(穎叔), 호는 목은(牧隱). 이곡(李穀)의 아들. 원나라에 벼슬하여 한림지제고(翰林知制誥)가 됨. 공민왕(恭愍王) 때 문하시중이 됨. 고려 후기 삼은(三隱 : 목은牧隱 이색·포은圃隱 정몽주·야은冶隱 길재, 혹은 도은陶隱 이숭인)의 한 사람. 시호는 문정(文靖).

부벽루에서

浮碧樓1부벽루

이색(李穡)

어제는 영명사를 지나다가
잠깐 부벽루에 올랐네.
텅 빈 옛 성터에는 조각달이 비껴 있고
이끼 긴 주춧돌에는 천 년의 세월이 흘렀다.
인마는 한번 떠나고 돌아오지 않고
왕손(王孫)은 지금 어느 곳에 놀고 있는가.
휘파람을 불고 돌 난간에 서 있으니
산은 예대로 푸르고 강물은 지금도 흘러가네.

　　昨過永明寺2　　작과영명사

　　暫登浮碧樓　　잠등부벽루

　　城空月一片　　성공월일편

　　石老雲千秋　　석로운천추

78

麟馬₃去不返   인마거불반

天孫₄何處遊   천손하처유

長嘯倚風磴   장소의풍등

山靑江自流   산청강자류

[주석]

1. 부벽루(浮碧樓) 평양 대동강변 모란봉 기슭에 있는 정자.

2. 영명사(永明寺) 평양 근처에 있는 절.

3. 인마(麟馬) 왕이나 왕자들이 탄 말을 말함.

4. 천손(天孫) 왕족, 왕의 자손들.

[대의]

부벽루에 올라가서 지난날을 회상하면서 인생무상을 읊었다.

— **이색** 고려 말의 문신·학자. 자는 영숙(穎叔), 호는 목은(牧隱). 이곡(李穀)의 아들. 원나라에 벼슬하여 한림지제고(翰林知制誥)가 됨. 공민왕(恭愍王) 때 문하시중이 됨. 고려 후기 삼은(三隱 : 목은牧隱 이색·포은圃隱 정몽주·야은冶隱 길재, 혹은 도은陶隱 이숭인)의 한 사람. 시호는 문정(文靖).

산골에서
村居촌거

이숭인(李崇仁)

단풍잎이 산길을 밝혀 주고
맑은 여울이 바위틈을 돌아서 흐른다.
골이 깊어 오가는 사람 없고
오늘도 해는 서산에 저물어 간다.

赤葉1明村逕　적엽명촌경
清泉漱石根　청천수석근
地僻2車馬少　지벽거마소
山氣自黃昏　산기자황혼

[주석]
1. 적엽(赤葉) 단풍을 말함.
2. 지벽(地僻) 깊숙한 산골.

[대의]
세상과 멀리 떨어진 깊은 산골에서 자연과 더불어 생활하는 모습을 그렸다.

— **이숭인** 고려 말의 문신. 자는 자안(子安), 호는 도은(陶隱). 벼슬이 밀직부사(密直副使)에 이름. 고려 후기 삼은(三隱 : 목은牧隱 이색·포은圃隱 정몽주·야은冶隱 길재, 혹은 도은陶隱 이숭인)의 한 사람.

강호에서
帆急범급

김구용(金九容)

배가 빠르니 산이 달려가고
배가 지나감에 언덕이 옮겨온다.
타향에서 사람을 만나면 이야기를 하고 싶은 것
가다가 아름다운 풍경을 만나면 시를 쓴다.
오나라 초나라는 아득한 옛날, 물어서 무엇하리
지금 강산에는 5월의 녹음이 짙어가고 있는데.
이 세상에 선경이 없다고 말하지 말라
바람과 저 달이 나를 따르고 있지 않은가.

　　帆急山如走　　범급산여주
　　舟行岸自移　　주행안자이
　　異鄕₁頻問俗　　이향빈문속
　　佳處强題詩　　가처강제시

82

吳楚千年地 오초천년지

江湖五月時 강호오월시

莫嫌無一物₂ 막혐무일물

風月₃也相隨 풍월야상수

[주석]

1. 이향(異鄕) 다른 고향.

2. 일물(一物) 자기가 가지고 있는 물건. 소유한 것을 말함.

3. 풍월(風月) 자연의 경치를 말함. 소동파(蘇東坡)의 〈적벽부(赤壁賦)〉에 '유강상지청풍(惟江上之淸風), 여산간지명월(與山間之明月)'에서 인용한 말임.

[대의]

배를 강호에 띄워 자연을 즐기는 시인의 자유분방한 심정이 물욕(物慾)에 구애받지 않는다는 것을 묘사하였다.

— **김구용** 고려 말의 문신. 자는 경지(敬之), 호는 척약재(惕若齋). 벼슬이 전교시판사(典校寺判事)에 이름.

낙동강을 지나며

過洛東江上流과낙동강상류

이규보(李奎報)

백 번 산모롱이를 돌아서
한가하게 흥얼거리며 낙동강을 지난다.
풀잎에 맺힌 이슬은 구슬처럼 빛나고
바람이 멎은 소나무숲은 적적하다.
떠 가는 오리의 물살 따라 강물은 더욱 푸르고
새벽길 안개가 피처럼 붉게 비친다.
누가 알리오 이 나그네가
온누리를 주름잡고 다니는 시인인 것을.

百轉1青山裏　백전청산리
閒行過洛東　한행과낙동
草深猶有露　초심유유로
松靜自無風　송정자무풍

84

秋水鴨頭綠　추수압두록

曉霞猩血紅　효하성혈홍

誰知倦遊客2　수지권유객

四海一詩翁　사해일시옹

[주석]
1. 백전(百轉) 꼬불꼬불한 산길.
2. 권유객(倦遊客) 시인을 말함. 풍류를 즐기는 사람들
이 게으르다고 하는 소리. 한가한 것을 즐기는 시인들.

[대의]
낙동강 줄기를 따라 올라가면서 느낀 가을의 산과 물의 시
흥(詩興)을 읊었다.

— 이규보 고려의 문신. 자는 춘경(春卿), 호는 백운
거사(白雲居士). 명종 때 급제하여 벼슬이 태보평장
사(太保平章事)가 됨. 문장이 탁월하여 고려에서 으
뜸이 되었음. 시호는 문순(文順).

85

징광사에서
宿樂安郡禪院₁숙락안군선원

김돈중(金敦中)

우연히 산속 절을 찾아드니
향긋한 연기 속에 방문이 열린다.
숲은 대나무와 잣나무뿐
이 절경은 세상과는 거리가 먼 곳.
스님의 말에 귀 기울이다가
쌓인 수심을 술잔으로 달래 본다.
쓸쓸한 마음 어느덧 맑아지는데
저 황홀한 달빛을 보라.

偶到山邊寺　우도산변사

香煙₂一室開　향연일실개

林深惟竹栢　임심유죽백

境靜絶塵埃₃　경정절진애

86

俗耳聞僧語 속이문승어

愁腸得酒杯 수장득주배

蕭然₄已淸爽 소연이청상

況有月華₅來 황유월화래

[주석]

1. 선원(禪院) 징광사(澄光寺)를 말함. 전라남도 보성(寶城)에 있는 절.

2. 향연(香煙) 저녁 짓는 연기를 말함.

3. 진애(塵埃) 티끌, 곧 속세의 생활을 말함.

4. 소연(蕭然) 쓸쓸한 모습.

5. 월화(月華) 달빛을 말함.

[대의]

징광사의 속세를 멀리한 대자연의 향연 속에서 스님과 이야기하고 술을 마시면서 자연에 도취한 심정을 읊었다.

— 김돈중 고려의 문신. 김부식(金富軾)의 아들로 의종(毅宗) 때 벼슬이 시랑(侍郎)에 이르고 정중부(鄭仲夫)의 난에 죽음.

부벽루에서

浮碧樓부벽루

이혼(李混)

영명사에는 찾아오는 사람 없고
영명사 앞 대동강 물은 도도하게 흐른다.
산은 적적한데 뜰 앞에는 탑만이 우뚝 서있고
사람 자취가 끊긴 나루터에는 빈 배만 매여 있네.
하늘 끝으로 날아가는 저 새는 어디로 가는가
들에서 불어오는 봄바람이 옷자락에 깃든다.
지나간 일을 어느 곳에서 물을까
시름 속에 아롱거리는 아지랑이와 넘어가는 해를
바라본다.

  永明寺₁中人不見   영명사중인불견

  永明寺前江自流   영명사전강자류

  山空孤塔₂立庭際₃   산공고탑립정제

人斷小舟橫渡頭4   인 단 소 주 횡 도 두

長天去鳥欲何向   장 천 거 조 욕 하 향

大野東風吹不休   대 야 동 풍 취 불 휴

往事微茫問無處   왕 사 미 망 문 무 처

淡煙斜日使人愁   담 연 사 일 사 인 수

[주석]

1. 영명사(永明寺) 평양에 있는 절.

2. 고탑(孤塔) 우뚝 솟은 탑.

3. 정제(庭際) 뜰의 끝, 정원의 한 모퉁이를 말함.

4. 도두(渡頭) 나루터. 배를 매 놓는 곳.

[대의]

부벽루에서 과거를 회상하며 인생의 무상함을 탑과 배, 또는 새와 바람 등에서 시상(詩想)이 일어나 썼다.

— 이혼 고려 말의 문신. 자는 태초(太初), 호는 몽암(蒙菴). 충선왕(忠宣王) 때 벼슬이 예문대사백첨의정사(藝文大詞伯僉議政事)에 이름. 시호는 문장(文莊).

글을 가르치며

即事₁즉사

길재(吉再)

손끝에 물은 얼음같이 차갑고
고개를 드니 나무는 쭉쭉 뻗어 있다.
이따금 아이들이 찾아와
이 쓸쓸한 마음을 즐기노라.

盥水清泉冷   관수청천랭

臨身茂樹高   임신무수고

冠童₂來問字   관동래문자

聊可與逍遙   요가여소요

90

1. 즉사(卽事) 즉흥적인 느낌을 쓴 것.
2. 관동(冠童) 글을 배우러 오는 아이들을 말함.

[대의]
산골에서 글을 배우러 오는 아이들과 함께 만나서 적적한 마음을 보내는 것을 썼다.

― **길재** 고려 말·조선 전기의 학자. 자는 재보(再父), 호는 야은(冶隱)·금오산인(金烏山人). 고려 우왕(禑王) 때 급제하여 벼슬이 주서(注書)가 되고, 조선에서 여러 번 불렀으나 벼슬하지 않음. 시호는 충절(忠節).

갈매기가 비웃을 것을

碧瀾渡₁벽란도

유숙(柳淑)

오랫동안 산수를 멀리하고서
어지러운 세상 길에 산 지 20년.
갈매기가 비웃을 것을
정자에 천천히 다가서는 이 몸을.

久負江湖約　구부강호약

紅塵₂二十年　홍진이십년

白鷗如欲笑　백구여욕소

故故₃近樓前　고고근루전

92

[주석]

1. 벽란도(碧瀾渡) 푸른 물결, 즉 호수를 건너감.
2. 홍진(紅塵) 속세의 생활을 말함.
3. 고고(故故) 멈칫멈칫하는 모양.

[대의]

속세의 생활에 매여 자연과 등지고 산 자신의 뉘우침을 썼다.

— **유숙** 고려 말의 정치가. 자는 순부(純夫), 호는 사암(思庵). 벼슬이 찬성사(贊成事)에 이름. 신돈(辛旽)에게 피살됨. 시호는 문희(文僖).

백운봉에 올라

登白雲峰₁등백운봉

이성계(李成桂)

댕댕이를 휘어잡고 상봉에 올라가니
암자가 구름 속에 자리 잡고 있다.
만일 눈앞에 보이는 땅이 내 것이라면
초월 강남이 내 품에 모두 안길 것이다.

引手攀蘿上碧峰　인수반라상벽봉

一庵₂高臥白雲中　일암고와백운중

若將眼界爲吾土　약장안계위오토

楚越₃江南₄豈不容　초월강남개불용

1. 백운봉(白雲峰) 삼각산(三角山)의 백운봉을 말함.
2. 일암(一庵) 백운봉에 있는 한 절을 말함.
3. 초월(楚越) 중국의 초나라와 월나라를 말함.
4. 강남(江南) 중국의 남쪽 지역을 말함.

[대의]
삼각산 백운봉에 올라, 멀리 내려다보는 호탕한 기상을 썼다.

― **이성계** 조선의 제1대 왕. 성은 이(李), 초명은 성계(成桂), 휘(諱)는 단(旦). 자는 중결(仲潔), 호는 송헌(松軒). 고려에서 사공(司空) 벼슬을 함. 재위 기간은 1392~1398년.

단풍

訪金居士[1]野居방김거사야거

정도전(鄭道傳)

가을 구름은 떠가고 온 산은 고요한데
단풍잎만 소리 없이 땅에 떨어진다.
시냇가에 말을 세우고 길을 물으니
아, 이 몸이 한 폭의 그림 속에 있다.

秋雲漠漠[2]四山空   추운막막사산공

落葉無聲滿地紅   낙엽무성만지홍

立馬溪邊問歸路   입마계변문귀로

不知身在畵圖中   부지신재화도중

[주석]

1. 거사(居士) 시골에 묻혀 사는 선비.
2. 막막(漠漠) 끝없이 아득한 것.

[대의]

거사를 찾아가는 산골의 가을 단풍이 그림같이 아름다워 그 황홀경에 도취된 모습을 읊었다.

― **정도전** 고려 말 조선 전기의 문인·학자. 자는 종지(宗之), 호는 삼봉(三峯). 공민왕(恭愍王) 때 벼슬이 정당문학(政堂文學)에 이름. 조선의 개국공신이며 봉화감사(奉化監司)로 좌의정에 이름.

완산에서

全州懷古 전주회고

권근(權近)

옛 성은 남북으로 뻗어 있는데
이곳 완산이 가장 아름답다.
산세는 기운을 모두어서
여기 터전을 열었다.

巨鎭分南北　거진분남북
完山最可奇　완산최가기
千峰鍾王氣１　천봉종왕기
一代啓鴻基２　일대계홍기

[주석]
1. 왕기(王氣) 왕이 될 기상. 곧 산세가 왕이 될 기상이
뭉쳐 있다는 말.
2. 홍기(鴻基) 왕이 될 터, 왕터, 궁터를 열었다는 말.

[대의]
전주의 산세가 왕이 날 만한 곳이라는 것을 그렸다.

— **권근** 고려 말·조선 전기의 학자·문신. 자는 가원
(可遠), 호는 양촌(陽村). 공민왕(恭愍王) 때 급제하
여 조선에서 벼슬이 찬성사에 이름. 길창군(吉昌君)
을 봉하였으며, 학문이 세상에 떨쳤음. 저서로《입학
도설(入學圖說)》,《오경천견록(五經淺見錄)》을 냈음.
시호는 문충(文忠).

청명절

春日城南₁卽事춘일성남즉사

권근(權近)

봄바람 부는 청명절에
보슬비가 내리다가 빗방울이 떨어진다.
뒤안길에 망울진 앵두꽃이
사람을 향하여 지금 열리고 있다.

春風忽已近淸明₂　춘풍홀이근청명

細雨霏霏₃晩雨成　세우비비만우성

屋角杏花開欲遍　옥각행화개욕편

數枝含露向人傾　수지함로향인경

[주석]
1. 성남(城南) 성의 남쪽.
2. 청명(淸明) 24절기의 하나인 청명절.
3. 비비(霏霏) 비가 가늘게 내리는 모습, 보슬보슬 내리는 모습.

[대의]
봄비는 내리고, 꽃은 막 피려 꽃망울을 맺은 청명절을 읊었다.

— **권근** 고려 말·조선 전기의 학자·문신. 자는 가원(可遠), 호는 양촌(陽村). 공민왕(恭愍王) 때 급제하여 조선에서 벼슬이 찬성사에 이름. 길창군(吉昌君)을 봉하였으며, 학문이 세상에 떨쳤음. 저서로《입학도설(入學圖說)》,《오경천견록(五經淺見錄)》을 냈음. 시호는 문충(文忠).

금강산

詠金剛山영금강산

권근(權近)

정정하게 솟아 있는 산봉우리들
구름 속에 부용처럼 신기한 한 봉우리가 보이네.
햇빛이 찬란하게 비치고 누리는 끝이 없는데
맑은 기운은 꿈틀꿈틀 조화를 이루었네.
우뚝 솟아 있는 절벽은 새나 날아갈까
깊숙한 골짜기는 신선이 놀다 간 곳.
문득 제일봉 비로봉에 올라
한번 천지를 굽어보니 가슴이 열리네.

雪立亭亭₁千萬峰 설립정정천만봉
海雲開出玉芙蓉₂ 해운개출옥부용
神光蕩漾₃滄溟₄闊 신광탕양창명활
淑氣蜿蜒₅造化鍾 숙기완연조화종
突兀岡巒臨鳥道₆ 돌올강만림조도

清幽洞壑秘仙蹤7　　청유동학비선종

東遊便欲凌高頂8　　동유편욕릉고정

俯仰鴻濛9一盪胸　　부앙홍몽일탕흉

[주석]

1. 정정(亭亭) 정정하게 서 있는 모습. 높고 곧게 서 있는 우람한 모습. 2. 옥부용(玉芙蓉) 옥같이 아름다운 부용봉을 말함. 3. 탕양(蕩漾) 물결이 거칠게 움직이는 모습. 4. 창명(滄溟) 넓은 바다. 5. 완연(蜿蜒) 꾸불꾸불한 모양. 6. 조도(鳥道) 새만이 날아서 지날 수 있는 길. 험한 길을 말함. 7. 선종(仙蹤) 신선들이 놀다 간 곳, 흔적. 8. 고정(高頂) 절정, 정상, 산마루. 9. 홍몽(鴻濛) 온누리, 천지, 우주.

[대의]

금강산의 신비한 절경을 보고, 그 조화의 무궁함을 기운차게 읊었다.

― 권근 고려 말·조선 전기의 학자·문신. 자는 가원(可遠), 호는 양촌(陽村). 공민왕(恭愍王) 때 급제하여 조선에서 벼슬이 찬성사에 이름. 길창군(吉昌君)을 봉하였으며, 학문이 세상에 떨쳤음. 저서로《입학도설(入學圖說)》,《오경천견록(五經淺見錄)》을 냈음. 시호는 문충(文忠).

풍악에서

送僧之楓岳1송승지풍악

성석린(成石璘)

금강산 1만 2천 봉

높고 낮은 1만 2천 봉.

그대여, 솟아오르는 저 태양을 바라보라

어느 봉이 붉게 타고 있는가를.

一萬二千峰　일만이천봉

高低自不同　고저자부동

君看日輪2上　군간일륜상

何處最先紅　하처최선홍

[주석]
1. 지풍악(之楓岳) 풍악산(가을의 금강산)에 가다.
2. 일륜(日輪) 둥근 해를 말함.

[대의]
금강산의 해 돋는 광경을 그렸다.

— **성석린** 고려 말·조선 전기의 문신. 자는 자수(自修), 호는 독곡(獨谷). 공민왕(恭愍王) 때 벼슬이 대제학으로 조선에서 영의정에 이르고 창녕부원군(昌寧府院君)을 봉함. 시호는 문경(文景).

아우에게

在高城寄舍弟₁재고성기사제

성석린(成石璘)

멀리 바라보니 강산은 끝이 없는데
집으로 보내는 편지는 천금이라.
밤중에 달을 보니 부모님 생각에 눈물이 어리고
한낮 떠가는 구름에 동생 생각을 실려 보낸다.
두 눈은 어두워 안개 낀 듯 흐려만 가고
머리는 희어 서리 내린 듯 하얗도다.
봄바람은 내 시름을 알지 못하고
꾀꼬리 소리 가득한 숲길에 살랑거린다.

擧目江山深復深　거목강산심부심
家書₂一字抵千金　가서일자저천금
中宵₃見月思親淚　중소견월사친루
白日看雲₄憶弟心　백일간운억제심

兩眼昏花₅春霧隔　양안 혼화 춘무격

一簪華髮₆曉霜侵　일잠 화발 효상침

春風不覺愁邊過　춘풍 불각 수변과

綠樹鶯聲忽滿林　녹수 앵성 홀만림

[주석]

1. 사제(舍弟) 자기 동생을 말함. 2. 가서(家書) 집에서
보내는 편지. 3. 중소(中宵) 한밤중. 4. 간운(看雲) 두보
(杜甫)의 〈한별(恨別)〉 시 '억제간운백일면(憶弟看雲
白日眠)'에서 인용한 말. 5. 혼화(昏花) 눈이 어두운 것
이 아지랑이 속에 피어 있는 꽃처럼 희미하게 보이는
것을 말함. 6. 화발(華髮) 흰 머리, 백발을 말함.

[대의]

객지에서 고향에 있는 부모 형제를 그리는 정이, 늙어감에
따라 더욱 간절한 것을 묘사하였다.

— 성석린 고려 말·조선 전기의 문신. 자는 자수(自
修), 호는 독곡(獨谷). 공민왕(恭愍王) 때 벼슬이 대
제학으로 조선에서 영의정에 이르고 창녕부원군(昌寧
府院君)을 봉함. 시호는 문경(文景).

107

살구꽃이 피었네
松山송산

변중량(卞仲良)

산이 물을 막고 물은 산을 돌아서 흐르네
저 옛집이 이끼가 아롱져 많은 세월이 흘렀네.
봄바람이 비를 몰고 지나가더니
여기저기 살구꽃이 피었네.

松山繚繞1水縈回　송산료요수영회

多少朱門2盡綠苔　다소주문진록태

唯有東風吹雨過　유유동풍취우과

城南城北杏花開　성남성북행화개

[주석]
1. 요요(繚繞) 둘러 있는 것.
2. 주문(朱門) 호화로운 옛집의 문.

[대의]
산수가 아름다운 곳에 봄바람이 불고, 살구꽃이 피어 평화로운 것을 읊었다.

— **변중량** 고려 말·조선 전기의 문신. 호는 춘당(春堂). 태종(太宗) 때 벼슬이 승지(承旨)에 이르고 시로 유명함.

거울

鐵原懷古철원회고

강회백(姜淮伯)

천년의 한으로 산이 솟아 있고
만리의 하늘을 구름이 떠간다.
옛날부터 흥망이 이치가 있다는데
지난 일을 거울삼아 오는 일을 조심하여라.

山含故國千年恨　산함고국천년한
雲抱長空萬里心　운포장공만리심
自古興亡皆有致1　자고흥망개유치
願因前轍2戒來今　원인전철계래금

[주석]
1. 유치(有致) 이치가 있음.
2. 전철(前轍) 앞 사람의 흔적, 자취.

[대의]
흥망(興亡)이 이치가 있으니, 지난 일을 거울삼아서 오는 일을 경계하라는 교훈을 읊었다.

— **강회백** 고려 후기의 문신. 자는 백보(伯父), 호는 통정(通亭). 벼슬이 순문사(巡問使)에 이름.

영월에서

寧越郡樓作영월군루작

단종(端宗)

한번 궁중에서 쫓겨난 몸이
홀홀단신으로 이 산골에서 날을 보내네.
눈을 감아도 밤마다 뜬눈으로 새고
맺힌 한은 해마다 한이 더해 갈 뿐.
소쩍새 우는 언덕에는 새벽달이 넘어가고
피눈물 흐르는 골짜기에는 꽃이 붉게 떨어졌다.
하늘은 이 원통한 한을 듣지 못하는지
어찌 나의 귀에 이렇게 슬픔을 안겨다 주는가.

一自冤禽1出帝宮　일자원금출제궁

孤身隻影碧山中　고신척영벽산중

假眠夜夜眠無假　가면야야면무가

窮恨年年恨不窮　궁한년년한불궁

聲斷曉岑2殘月白　성단효잠잔월백

血流春谷3落花紅　혈류춘곡락화홍

天聾尙未聞哀訴　천롱상미문애소

何奈愁人4耳獨聰　하내수인이독총

[주석]

1. 원금(冤禽) 갇혀 있는 원통한 새. 단종 자신을 말함.

2. 성단효잠(聲斷曉岑) 소쩍새 소리가 새벽의 산에 끊어짐.

3. 혈류춘곡(血流春谷) 소쩍새가 울며 토하는 피가 봄 골짜기에 흐름.

4. 수인(愁人) 단종 자신을 말함.

[대의]

단종이 궁중에서 쫓겨나 영월에 있을 때, 소쩍새가 슬피 우는 소리를 듣고 자신의 처지를 슬퍼하며 지었다.

— **단종** 조선의 제6대 왕. 문종(文宗)의 첫째 아들로 12세에 즉위하여 재위 3년, 상왕위(上王位) 2년에 노산군(魯山君)으로 강봉(降封)되어 영월(寧越)에 유폐되었다가 17세에 죽음.

죽음길에서

臨死賦絶命詩임사부절명시

성삼문(成三問)

북소리 울린다

내 목숨은 서쪽 하늘에 져가는 해.

죽음길에

쉬어 갈 집이 어디 있느뇨.

擊鼓₁催人命 격고최인명

西風日欲斜₂ 서풍일욕사

黃泉₃無客店 황천무객점

今夜宿誰家 금야숙수가

[주석]

1. 격고(擊鼓) 당시 사람을 죽일 때 북으로 신호를 한 데서 나온 말로, 북을 두드린다는 뜻.

2. 일욕사(日欲斜) 목숨이 길지 않음을 해가 곧 떨어지는 것으로 비유한 것.

3. 황천(黃泉) 지하, 땅속. 즉 죽음길.

[대의]

성삼문이 단종 복위에 대한 모의(謀議)가 발각되어 형장(刑場)에서 죽임을 당할 때 지은 시로, 자신의 운명의 서글픔을 읊었다.

— **성삼문** 조선 전기의 문신·학자. 자는 근보(謹甫), 호는 매죽헌(梅竹軒). 성승(成勝)의 아들로 문종(文宗) 때 독서당에 뽑히고, 벼슬이 승지(承旨)에 이름. 사육신(死六臣)의 한 사람. 시호는 충문(忠文).

백이 숙제에게

題夷齊1廟제이제묘

성삼문(成三問)

말고삐를 붙들고서 그르다고 말하니
그 충성은 일월과 같이 당당하구나.
초목도 주나라 땅에서 자랐으니
그대여 그 고사리를 먹는 것이 부끄럽지 않은가.

當年2叩馬敢言非　당년고마감언비
大義堂堂日月輝　대의당당일월휘
草木亦霑周雨露　초목역점주우로
愧君猶食首陽薇　괴군유식수양미

[주석]

1. 이제(夷齊) 백이(伯夷) 숙제(叔齊). 중국 은(殷)나라 때 고죽군(孤竹君)의 두 아들.

2. 당년(當年) 중국 주(周)나라 무왕(武王)이 강태공을 군사(軍師)로 삼아 은(殷)나라를 정벌할 때.

[대의]

백이 숙제의 충절(忠節)을 읊은 것으로, 한편으로 수양산 (首陽山)에서 난 고사리를 먹은 것이 부끄럽다고 꾸짖었다.

— **성삼문** 조선 전기의 문신 · 학자. 자는 근보(謹甫), 호는 매죽헌(梅竹軒). 성승(成勝)의 아들로 문종(文宗) 때 독서당에 뽑히고, 벼슬이 승지(承旨)에 이름. 사육신(死六臣)의 한 사람. 시호는 충문(忠文).

그림을 보고

水墨鷺圖[1]수묵로도

성삼문(成三問)

흰 날개와 긴 발로
물가에 섰다가 물고기를 먹고 살았지.
우연히 날개를 펴고서 한번 날아가다가
잘못하여 왕희지의 벼룻물에 떨어졌지.

> 雪作衣裳玉作趾　설작의상옥작지
> 窺魚蘆渚幾多情　규어로저기다정
> 偶然飛過山陰縣　우연비과산음현
> 誤落羲之[2]洗硯池　오락희지세연지

118

[주석]
1. 수묵로도(水墨鷺圖) 엷은 먹물로 백로를 그린 그림.
수묵으로 그린 백로 그림.
2. 희지(羲之) 중국의 명필 왕희지(王羲之)를 말함.

[대의]
먹으로 백로를 그린 그림을 보고서 재치 있게 그 정경을
묘사하였다.

— **성삼문** 조선 전기의 문신·학자. 자는 근보(謹甫),
호는 매죽헌(梅竹軒). 성승(成勝)의 아들로 문종(文
宗) 때 독서당에 뽑히고, 벼슬이 승지(承旨)에 이름.
사육신(死六臣)의 한 사람. 시호는 충문(忠文).

선죽교

善竹橋[1]선죽교

이개(李塏)

영화도 지나고 보면 헛된 꿈
풀 속에 옛 터만 묻혀 있다.
오직 선죽교의 이름이 전하니
고려의 충신 정몽주의 역사를 아는가.

繁華往事已成空　　번화왕사이성공
舞館歌臺[2]野草中　무관가대야초중
惟有斷橋名善竹　　유유단교명선죽
半千王業一文忠[3]　반천왕업일문충

120

[주석]
1. 선죽교(善竹橋) 개성 근처에 있는 다리로, 정몽주(鄭
夢周)가 이방원(李芳遠)이 보낸 조영규(趙英珪) 등에
게 피살당한 곳.
2. 무관가대(舞館歌臺) 고려 때, 춤추던 집과 노래 부르
던 집. 화려한 놀이를 하던 집들을 말함.
3. 문충(文忠) 정몽주의 시호.

[대의]
정몽주는 죽임을 당하였으나 선죽교의 이름은 고려의 역
사와 더불어 길이 남아 있음을 읊었다.

— 이개 조선 전기의 문신. 자는 청보(淸甫) 또는 백
고(伯高), 호는 백옥헌(白玉軒). 목은(牧隱) 이색(李
穡)의 증손으로 벼슬이 문종 때 제학(提學)에 이름.
독서당에 뽑혔고, 사육신(死六臣)의 한 사람. 시호는
충간(忠簡).

121

도롱이를 보내준 뜻은
謝人贈蓑衣₁사인증사의

하위지(河緯地)

대장부의 뜻이 옛사람을 따를 밖에
태양이 머리 위에서 저렇게 비치고 있는데.
도롱이를 보내준 뜻을 어찌 모르리오
호수에 배를 띄워 세상일 잊고 살자는 것을.

男兒得失古猶今   남아득실고유금
頭上分明白日臨   두상분명백일림
持贈蓑衣應有意   지증사의응유의
五湖煙雨好相尋   오호연우호상심

[주석]

1. 사인증사의(謝人贈簑衣) 어떤 사람이 하위지에게 사람을 시켜 도롱이를 보내왔는데, 그 뜻은 이런 어지러운 세상에는 세상을 등지고 산골에서 도롱이나 입고 밭이나 갈면서 사는 것이 좋다는 것을 나타낸 것으로, 그 사람한테 감사하다는 뜻임.

[대의]

사나이가 마음먹은 것을 세상이 어지럽다고 해서 바꿀 수가 없다는 뜻을 썼다.

― **하위지** 조선 전기의 문신. 자는 천장(天章), 호는 단계(丹溪). 문종(文宗) 때 예조참판에 이름. 사육신의 한 사람. 시호는 충렬(忠烈).

강태공에게
渭川₁漁釣圖위천어조도

김시습(金時習)

쓸쓸한 비바람이 낚시터에 부니
위수의 물고기들이 미끼를 물지 않는다.
어찌 늙어서 매처럼 용맹을 떨쳐
백이·숙제를 수양산에서 굶어 죽게 하였는가.

風雨蕭蕭拂釣磯　　풍우소소불조기

渭川魚鳥識忘機　　위천어조식망기

如何老作鷹揚₂將　　여하로작응양장

空使夷齊₃餓採薇　　공사이제아채미

[주석]
1. 위천(渭川) 강태공(姜太公)이 고기를 낚던 위수(渭水)를 말함.
2. 응양(鷹揚) 날쌘 매가 하늘 높이 날아 세상을 굽어보듯이 세상에 무용(武勇)을 떨치는 것.
3. 이제(夷齊) 백이(伯夷)와 숙제(叔齊).

[대의]
위수(渭水)에서 때를 기다리기 위하여 고기를 낚던 강태공이 무왕(武王)을 만나서 용맹은 떨쳤는데, 반면에 백이 숙제를 굶주려 죽게 했다는 것으로 자신의 처지를 비유하여 썼다.

— **김시습** 조선 전기의 학자. 자는 열경(悅卿), 호는 매월당(梅月堂). 3세에 시문(詩文)에 능하여 신동이라 불림. 단종(端宗)이 임금 자리를 내놓자 삭발하고 중이 되어 산수를 방랑하며 절의(節義)를 지킴. 생육신(生六臣)의 한 사람.

나그넷길
無題무제

김시습(金時習)

종일토록 걷는 나그넷길이
산을 넘으면 또 푸른 산이 앞에 서있네.
마음이 없는 것을 어찌 책하랴
진리는 속일 수는 없는 것.
이슬 내린 아침에 산새는 지저귀고
봄바람 부는 들길에 꽃이 피어 있네.
지팡이를 짚고 산봉우리를 돌아 나가니
아지랑이가 밀려가고 날씨는 맑아지네.

終日芒鞋₁信脚行　종일 망혜 신각 행

一山行盡一山靑　일산 행진 일산 청

心非有想奚形役₂　심비 유상 해 형역

道本無名豈假成　도본 무명 기 가성

宿露未晞山鳥語　　슉로미희산조어

春風不盡野花明　　츈풍부진야화명

短筇₃歸去千峯靜　　단공귀거천봉정

翠壁亂煙生晚晴　　취벽란연생만청

[주석]
1. 망혜(芒鞋) 짚신.
2. 형역(形役) 부림을 당하는 것. 도연명(陶淵明)의 시
〈귀거래사(歸去來辭)〉에 '기자이심위형역(旣自以心爲形
役) 해추창이독비(奚惆悵而獨悲)'라고 있음.
3. 단공(短筇) 짧은 지팡이.

[대의]
가벼운 마음으로 여장을 차리고, 명산(名山)을 돌아다니
면서 느낀 봄날의 계절을 읊었다.

— 김시습 조선 전기의 학자. 자는 열경(悅卿), 호는
매월당(梅月堂). 3세에 시문(詩文)에 능하여 신동이
라 불림. 단종(端宗)이 임금 자리를 내놓자 삭발하고
중이 되어 산수를 방랑하며 절의(節義)를 지킴. 생육
신(生六臣)의 한 사람.

127

대쪽 같은 마음

囉嗊曲[1]나공곡

성간(成侃)

푸른 대는 가지마다 움직이고
마름은 물 위에 둥둥 떠 있다.
임의 대쪽 같은 마음이
어찌 저 마름을 따르리까.

綠竹條條[2]動　녹 죽 조 조 동
浮萍[3]個個輕　부 평 개 개 경
願郞如綠竹　원 랑 여 록 죽
不願似浮萍　불 원 사 부 평

[주석]
1. 나공곡(囉嗊曲) 옛 중국의 곡조 이름.
2. 조조(條條) 가지마다.
3. 부평(浮萍) 물에 떠있는 마름.

[대의]
세상 사람들이 마름처럼 지조 없이 움직이는 것을 꼬집어,
대나무처럼 굳은 절개를 가지라는 뜻으로 읊었다.

─ **성간** 조선 전기의 문신. 자는 화중(和仲), 호는 진
일재(眞逸齋). 성임(成任)의 동생. 문종(文宗) 때 급
제하여 벼슬이 수찬(修撰)에 이름.

어부

漁夫어부

성간(成侃)

첩첩산중에 골짜기마다 연기가 난다
갈매기 떠도는 곳은 세상 밖이라.
어옹이 어찌 마음이 없겠는가
강에 뜬 달빛을 배에 싣고서 사네.

數疊1靑山數谷煙　수첩청산수곡연

紅塵2不到白鷗邊　홍진부도백구변

漁翁不是無心者　어옹불시무심자

管領3西江月一船　관령서강월일선

[주석]

1. 수첩(數疊) 첩첩이 둘러 있는 산.

2. 홍진(紅塵) 속세의 티끌.

3. 관령(管領) 거느려 다스리는 것.

[대의]

속세를 떠나 어부로 살면서 갈매기와 짝하고, 달빛을 바라
보면서 사는 티 없는 어부의 모습을 그렸다.

— **성간** 조선 전기의 문신. 자는 화중(和仲), 호는 진
일재(眞逸齋). 성임(成任)의 동생. 문종(文宗) 때 급
제하여 벼슬이 수찬(修撰)에 이름.

청산백운도를 보고

蔡子休求畵作채자휴구화작

靑山白雲圖一幅 因題其上

산은 산봉우리와 봉우리
강변은 나무와 숲.
흰 구름이 뭉게뭉게 피어오르니
어느 곳이 선경인가.

> 江山峰巒合　강산봉만합
> 江邊樹木平　강변수목평
> 白雲迷遠近　백운미원근
> 何處是蓬瀛1　하처시봉영

132

[주석]

1. 봉영(蓬瀛) 중국에 있는 지명. 봉래산(蓬萊山)과 영주(瀛洲)는 신선이 산다는 곳. 산수의 아름다움을 말할 때 인용하여 많이 씀.

[대의]

청산백운도(靑山白雲圖)를 보고 그 그림에 나타난 모습을 읊었다.

— **강희안** 조선 전기의 문신·서화가. 자는 경우(景愚), 호는 인재(仁齋). 성종(成宗) 때 벼슬이 직제학(直提學)에 이름. 시(詩)·서(書)·화(畫)에 능했음.

이상곡

述樂府辭₁ 술악부사

김수온(金守溫)

얼음 위에
대잎 자리 보아
그대와 차라리 얼어 죽을 망정
이 밤 더디 새오리라.

十月層氷上　시월층빙상
寒凝竹葉棲　한응죽엽서
與君寧凍死　여군녕동사
遮莫五更鷄₂　차막오경계

[주석]

1. 악부사(樂府辭) 고려가요의 악부로 전해 온 가사 이상곡(履霜曲)의 내용을 한시로 의역한 것.
2. 오경계(五更鷄) 깊은 밤에 우는 닭.

[대의]

고려가요 이상곡을 한역(漢譯)하여 썼다.

— **김수온** 조선 전기의 학자·문신. 자는 문량(文良), 호는 괴애(乖崖). 성종(成宗) 때 독서당에 뽑혀 벼슬이 영중추(領中樞)에 이르고 좌리공신(佐理功臣)으로 영산부원군(永山府院君)에 봉함. 시호는 문평(文平).

산수화에 붙여

題山水畵제산수화

김수온(金守溫)

산과 물이 귀신같이 그려졌네
온갖 화초가 한창 봄날에 흐드러졌구나.
필경 인생은 한마당의 꿈
너와 나도 사는 것이 참은 아니지.

描山描水總如神　묘산묘수총여신
萬草千花各自春　만초천화각자춘
畢竟一場皆幻境ㄱ　필경일장개환경
誰知君我亦非眞　수지군아역비진

[주석]
1. 환경(幻境) 꿈같이 떠오는 환상(幻像), 꿈의 경지.

[대의]
산수화를 보고, 그 경지를 묘사하였다.

— **김수온** 조선 전기의 학자·문신. 자는 문량(文良),
호는 괴애(乖崖). 성종(成宗) 때 독서당에 뽑혀 벼슬
이 영중추(領中樞)에 이르고 좌리공신(佐理功臣)으로
영산부원군(永山府院君)에 봉함. 시호는 문평(文平).

제천에서

堤川客館₁제천객관

정인지(鄭麟趾)

깊은 골에 사는 것이
내 마음의 고향이라.
맑은 물은 바위틈에서 솟아
여울져 흐르는 곳에 연못이 있네.

地勢最高處　지세최고처
民居是僻鄕　민거시벽향
泉從無底竇₂　천종무저두
竇沸自成塘　두비자성당

[주석]

1. 제천객관(堤川客館) 충청북도 제천의 여관. 객관은 나그네가 머무는 집.

2. 무저두(無底竇) 밑이 없는 구멍, 끝이 없는 구멍.

[대의]

제천에 있는 맑은 호수를 보고, 그 지형과 호수에 대하여 읊었다.

— **정인지** 조선 전기의 문신·성리학자. 자는 백저(伯雎), 호는 학역재(學易齋). 태종 때 급제하여 세종 때 집현전 대제학으로 훈민정음 창제에 참여함. 시호는 문성(文成).

잠에서 깨어

睡起수기

서거정(徐居正)

발그림자 방안에 젖어 오고
연꽃 향기 바람에 떠돈다.
꿈을 깬 베갯머리
빗소리에 떨어지는 오동잎.

簾影深深₁轉　염영심심전
荷香續續₂來　하향속속래
夢回高枕上　몽회고침상
桐葉雨聲催　동엽우성최

[주석]
1. 심심(深深) 깊고 깊은 모양.
2. 속속(續續) 계속해서.

[대의]
방죽(못)에서 연꽃 향기가 나고, 방에 발그림자가 그리운
여름을 읊었다.

— 서거정 조선 전기의 문신·학자. 자는 강중(剛中),
호는 사가정(四佳亭). 예종 때 대제학을 맡고 벼슬이
좌찬성(左贊成)에 이름. 시호는 문충(文忠).

거문고를 타며

伯牙[1]백아

신항(申沆)

내 즐겨 거문고를 타니
구태여 누구를 듣게 할 것인가.
종자기는 어떠한 사람
남을 위하여 거문고를 탔던가.

我自彈吾琴   아자탄오금
不必求賞音   불필구상음
鍾期[2]亦何物 종기역하물
强辯絃上心   강변현상심

142

[주석]

1. 백아(伯牙) 옛날 중국의 거문고의 명수. 거문고를 잘
타는 이름 있는 악사(樂士).
2. 종기(鍾期) 종자기(鍾子期). 백아와 같은 시대의 음
악인으로 거문고 소리를 잘 아는 음악 감상가.

[대의]

옛날 중국의 거문고 소리를 잘 아는 종자기(鍾子期)가 죽
자 백아가 이제 거문고를 타도 아는 사람이 없다 하고, 거
문고를 부숴 버린 고사(故事)가 있다. 이것을 인용해 자신
의 거문고로 소일하는 심정을 읊었다.

— **신항** 조선 전기의 문신. 자는 용이(容耳). 신종호
(申從濩)의 아들. 성종(成宗)의 부마(駙馬)로 고원위
(高原尉). 시호는 문효(文孝).

그대를 생각하고
萬里만리

박은(朴誾)

눈이 녹으니 시냇물 졸졸
저무는 산그늘에 까마귀 까악까악.
술이 깨어서 보니 절경
그대 생각 끝에 시상이 떠오른다.

雪添春澗水　설첨춘간수
鳥趁暮山雲　오진모산운
清境渾醒醉　청경혼성취
新詩₁更憶君　신시갱억군

144

[주석]
1. 신시(新詩) 새로 지은 시.

[대의]
이른 봄, 눈이 녹아내려 냇물이 불어나고, 저무는 하늘에
나는 까마귀 떼를 보고 친구 생각이 나서 읊었다.

— **박은** 조선 전기의 시인·문신·학자. 자는 중열(仲
說), 호는 읍취헌(挹翠軒). 독서당에 뽑히고 벼슬이
교리(校理)에 이름.

달빛을 싣고
題壁제벽

최수성(崔壽峸)

못에는 고기가 뛰어놀고
숲은 새와 짐승의 놀이터.
외로운 배에는 달빛만 가득한데
어느 곳이 내가 머물 땅인가.

水澤魚龍國₁   수택어룡국
山林鳥獸家   산림조수가
孤舟明月在   고주명월재
何處是生涯₂ 하처시생애

146

[주석]

1. 어룡국(魚龍國) 물고기와 용이 노는 못.

2. 생애(生涯) 일평생의 뜻인데, 자신의 인생을 의탁하여 지낼 수 있는 곳.

[대의]

물고기는 못에서 놀고, 새와 짐승은 산에서 사는데, 자신은 외로운 배에 비친 달처럼 고적하다는 것을 읊었다.

— **최수성** 조선 전기의 문신. 자는 가진(可鎭), 호는 원정(猿亭). 절세 기재(奇才)로 이름이 높음. 기묘사화(己卯士禍) 때 원통하게 죽음. 시호는 문정(文正).

거문고

詠琴영금

조광조(趙光祖)

거문고 줄을 골라 엣 가락을 타니
누가 그 가락을 알 것인가.
슬프도다, 종자기가 떠난 지 오래되니
세상에는 백아의 거문고 소리를 들을 사람이 없
네.

瑤琴₁一彈千年調   요금일탄천년조

聾俗₂紛紛但聽音   농속분분단청음

怊悵鍾期₃沒已久   초창종기몰이구

世間誰知伯牙心   세간수지백아심

[주석]

1. 요금(瑤琴) 좋은 거문고. 구슬로 장식하여 만든 거문
고.

2. 농속(聾俗) 거문고에 대하여 몽매한 속인, 속세

3. 종기(鍾期) 종자기(鍾子期). 거문고를 잘 아는 명인.

[대의]

세상 사람들이 거문고를 타는 자신의 멋을 모르는 것을 읊
었다.

— **조광조** 조선의 문신·정치가. 자는 효직(孝直), 호
는 정암(靜庵). 벼슬이 대사헌(大司憲)에 이름. 기묘
사화(己卯士禍) 때 죽음. 시호는 문정(文正). 문묘에
배향함.

산사에서

宿山寺숙산사

신광한(申光漢)

성질이 어려서부터 고요한 것을 즐겨
산속 절에서 옛 글을 읽었네.
늙어 우연히 옛 절을 다시 찾으니
부처 앞에는 지금도 등잔불이 켜있네.

少年常愛山家靜　소년상애산가정
多在禪窓1讀古經　다재선창독고경
白首偶然重到此　백수우연중도차
佛前依舊一燈靑　불전의구일등청

[주석]
1. 선창(禪窓) 절의 창.

[대의]
산속의 절에서 산수를 즐기며 옛 글을 읽던 생각이 나서
읊었다.

— **신광한** 조선 전기의 문신. 자는 한지(漢之), 호는
낙봉(駱峰). 신숙주(申叔舟)의 손자.

독서

讀書有感독서유감

서경덕(徐敬德)

글을 읽을 때는 큰 뜻을 품으니
가난의 쓰라림도 달게 받아진다.
부와 귀에 내가 어찌 손을 댈 것인가
산과 물에 포근히 안기고 싶다.
나물 캐고 물고기 낚아서 그런대로 살면서
달을 읊고 바람 쐬면서 정신을 씻어 본다.
내 학문이 이치를 깨달아 즐겁기만 하니
어찌 이 인생이 헛되겠는가.

讀書當日志經綸　독서당일지경륜
歲暮還甘顔氏₁貧　세모환감안씨빈
富貴有爭難下手　부귀유쟁난하수
林泉無禁₂可安身　임천무금가안신

採山釣水堪充腹　채산조수감충복
詠月吟風足暢神　영월음풍족창신
學到不疑[3]知快活　학도불의지쾌활
免教虛作百年人　면교허작백년인

[주석]
1. 안씨(顔氏) 공자의 제자 안연(顔淵)을 말함. 안연은 가난하게 살았음. 2. 임천무금(林泉無禁) 자연은 보아도 막을 사람이 없음. 소동파(蘇東坡)의 〈적벽부(赤壁賦)〉에 있는 '취지무금(取之無禁) 용지불갈(用之不竭)'에서 나온 말임. 3. 학도불의(學到不疑) 학문이 의심이 없는 경지에 이름. 도통(道通)의 경지.

[대의]
큰 뜻을 품고서 세상일을 멀리하고, 자연을 즐기면서 학문을 닦는 것으로 만족하는 심정을 읊었다.

— 서경덕 조선 중기의 유학자. 자는 가구(可久), 호는 복재(復齋). 중종(中宗) 때 대 성리학자(性理學者)로 송도(松都)의 화담(花潭)에 은거하여 화담선생이라 불림. 태허설(太虛說) · 원이기(原理氣) · 사생귀신론(死生鬼神論) 등이 《화담집》에 전함. 시호는 문강(文康).

연경에서

燕京₁卽事연경즉사

소세양(蘇世讓)

잔치 속에서 지낸 지도 며칠인가
3월인데도 고국에 돌아가지 못하고 있네.
버들개지는 이 늙은이의 머리보다 희고
복사꽃은 미인의 얼굴보다 아름답구나.
봄 졸음은 아른아른 나그네의 잠자리에 삼삼이고
돌아가고 싶은 마음은 하롱하롱 고향 산천에 떠
가네.
조만간 공사가 끝나면
옷을 떨쳐입고 휘파람 불며 이 성을 떠나리라.

宴開迎餞一旬間　연개영전일순간

三月皇州₂尚未還　삼월황주상미환

柳絮白於衰客髮　유서백어쇠객발

桃花紅勝美人顏　도화홍승미인안

春愁黯黯連空館₃　춘수암암련공관

歸興翩翩落故山₄　귀흥편편락고산

早晚苟當公事了　조만구당공사료

拂衣長嘯出秦關₅　불의장소출진관

[주석]
1. 연경(燕京) 연(燕)나라 서울. 북경(北京)을 말함. 2.
황주(皇州) 중국을 높여서 한 말. 3. 공관(空館) 중국
연나라에 머물러 있는 집을 말함. 여관의 뜻. 4. 고산
(故山) 고국의 산. 고국은 우리나라를 말함. 5. 진관(秦
關) 진(秦)나라 때의 관문(關門). 즉 연나라 국경을 말
함.

[대의]
작자가 중국에 사신으로 갔을 때 고국을 그리며 당시의 정
경을 읊었다.

— **소세양** 조선 전기의 문신·서예가. 자는 언겸(彦
謙), 호는 양곡(陽谷). 중종(中宗) 때 독서당에 뽑혀
벼슬이 찬성(贊成)에 이름. 시호는 문정(文靖).

155

기러기를 그린 그림첩을 보고서

題畫雁帖제화안첩

소세양(蘇世讓)

기러기 강 위를 날아오르니
여뀌 잎은 붉고 꽃은 져 녹음이 짙어가네.
부질없이 바람 따라 벗을 부르니
구름이 피어오르는 곳에 숲길이 깊네.

蕭蕭孤影₁暮江潯　　소소고영모강심

紅蓼花殘兩岸陰　　홍료화잔량안음

謾向西風呼舊侶₂　　만향서풍호구려

不知雲樹萬重₃深　　부지운수만중심

[주석]

1. 고영(孤影) 기러기가 쓸쓸하게 날아가는 그림자.

2. 구려(舊侶) 기러기가 짝을 찾아 우는 것을 말함.

3. 만중(萬重) 겹겹이 쌓여 있는 것. 거듭거듭 둘러 있는 것.

[대의]

강가에 날아가는 기러기의 쓸쓸한 모습을 보고 읊었다.

— **소세양** 조선 전기의 문신·서예가. 자는 언겸(彦謙), 호는 양곡(陽谷). 중종(中宗) 때 독서당에 뽑혀 벼슬이 찬성(贊成)에 이름. 시호는 문정(文靖).

낙화암에서

落花巖[1]낙화암

홍춘경(洪春卿)

나라는 망하고 산천도 변하였지만
저 강 위에 떠 있는 달은 변함이 없네.
낙화암 바위틈에 아직도 꽃이 있으니
그 꽃은 삼천 궁녀의 넋인 양 피어 있네.

國破山河異昔時　국파산하이석시
獨留江月幾盈虧　독류강월기영휴
落花巖畔花猶在[2]　낙화암반화유재
風雨當年[3]不盡吹　풍우당년부진취

[주석]

1. 낙화암(落花巖) 충청남도 부여 부소산에 있는 큰 바위. 백제가 망할 때 삼천 궁녀가 이 바위에서 백마강에 몸을 던져 죽었다는 전설이 있음.

2. 화유재(花猶在) 꽃이 오히려 남아 있음. 꽃은 삼천 궁녀를 상징한 것.

3. 풍우당년(風雨當年) 백제가 당(唐)나라군과 싸울 때. 즉 삼천 궁녀가 백마강에 떨어져 죽을 때.

[대의]

백제의 고도(古都) 부여의 낙화암에서 세상의 무상함과 3천 궁녀의 죽음을 회상하여 읊었다.

— **홍춘경** 조선 전기의 문신. 자는 명중(明仲), 호는 석벽(石壁). 중종(中宗) 때 독서당에 뽑히고 벼슬이 감사(監司)에 이름.

마음을 달래며

無爲₁무위

이언적(李彦迪)

만물이 변하여 제 모양 지니지 못하나
이 몸 한가하게 때를 따라 움직이네.
요즈음 들뜬 마음을 달래기 위하여
산수를 즐기는 풍류를 멀리하고 있네.

萬物變遷無定態　만물변천무정태

一身閑適自隨時　일신한적자수시

年來漸省經營力₂　연래점성경영력

長對青山不賦詩₃　장대청산불부시

[주석]

1. 무위(無爲) 아무 하는 일이 없음.

2. 경영력(經營力) 경영하고 관리하는 힘.

3. 불부시(不賦詩) 시를 쓰지 않음.

[대의]

만물의 이치 가운데 자신의 무능함을 반성하여 읊었다.

— **이언적** 조선 중기의 성리학자. 자는 복고(復古),
호는 회재(晦齋). 중종(中宗) 때 벼슬이 찬성(贊成)
에 이름. 을사사화(乙巳士禍) 때 귀양 가서 죽음. 시
호는 문원(文元). 문묘에 배향함.

은자를 찾아서

訪曺處士隱居방조처사은거

박순(朴淳)

산가에서 술을 깨고 보니
흰 구름이 한가히 떠가고 달빛이 은은하네.
황급히 홀로 대숲을 빠져나오니
돌길 지팡이 소리에 새만 난다.

醉睡山家覺後疑　취수산가각후의

白雲平壑月沈沈　백운평학월침침

翛然1獨出脩竹2外　소연독출수죽외

石徑筇音宿鳥知　석경공음숙조지

[주석]

1. 소연(脩然) 빠른 모양. 사물에 얽매이지 않는 모양.

2. 수죽(脩竹) 곧게 자란 대나무. 쭉쭉 뻗은 대나무.

[대의]

은자(隱者)를 찾아갔다가 오는 당시의 주위 환경을 읊었다.

— **박순** 조선 중기의 문신·서예가. 자는 화숙(和叔), 호는 사암(思菴). 선조(宣祖) 때 대제학을 맡고 벼슬이 영의정에 이름. 시호는 문충(文忠).

삼일포
三日浦삼일포

전우치(田禹治)

늦가을 바닷가 서리는 차가운데
바람결에 퉁소 소리 들리는구나.
새는 날아가고 바다가 끝없이 열렸는데
36봉 봉우리마다 달빛이 맑구나.

秋晚瑤潭₁霜氣清   추만요담상기청
天風吹送紫簫聲₂   천풍취송자소성
青鸞₃不至海天濶   청란부지해천활
三十六峰明月明   삼십륙봉명월명

[주석]

1. 요담(瑤潭) 구슬처럼 맑은 못.
2. 자소성(紫簫聲) 신선이 부는 퉁소 소리.
3. 청란(靑鸞) 난새. 새 이름. 신조(神鳥)라 불리는 새.

[대의]

삼일포의 맑은 바다와 주위 봉우리들의 절경을 읊었다.

— **전우치** 조선 중기의 도술가. 성종(成宗) 때 송도(松都)에 살았으며 선술(仙術)로 유명함.

칠석

七夕칠석

김안국(金安國)

칠석은 견우와 직녀가 만나는 밤
하룻밤 만나고 나면 1년을 시름 속에서 기다려야
하네.
눈물은 흘러서 은하수로 물결치고
텅 빈 집에 쓸쓸한 밤을 어떻게 샐까.
하얀 달빛을 머금고 있는 휘장이여
발 너머 올라오는 밝은 달이 떠올라 온다.
세상은 한으로 사는 것
남과 북에서 시름을 달래며 살 수 밖에.

鵲散烏飛事已休　작산오비사이휴
一宵歡會一年愁　일소환회일년수
淚傾銀漢₁秋波濶　누경은한추파활

腸斷瓊樓₂夜色幽　　장단경루야색유

錦帳有心邀素月　　금장유심요소월

翠簾無意上金鉤₃　　취렴무의상금구

只應萬劫空成怨　　지응만겁공성원

南北迢迢₄不自由　　남북초초부자유

[주석]

1. 은한(銀漢) 은하수.

2. 경루(瓊樓) 달 속에 있다는 집.

3. 금구(金鉤) 달을 말함.

4. 초초(迢迢) 아득한 것.

[대의]

7월 7일 칠석에 견우와 직녀가 서로 만나고 나면 1년 동안 쓸쓸하게 보내야 하는 안타까운 심정을 읊었다.

— **김안국** 조선 전기의 문신·성리학자. 자는 국경(國卿), 호는 모재(慕齋). 중종(中宗) 때 대제학을 맡고 벼슬이 좌찬성(左贊成)에 이름. 시호는 문경(文敬).

누가 대장부라 하리오
北征북정

남이(南怡)

백두산 돌에 칼을 갈고 갈았네
두만강 물을 말에 먹이고 먹였네.
사나이 20세에 나라를 평정하지 못하면
후세에 누가 대장부라 말하리오.

> 白頭山石磨刀盡　백두산석마도진
> 豆滿江水飮馬無　두만강수음마무
> 男兒二十未平國　남아이십미평국
> 後世誰稱大丈夫　후세수칭대장부

[대의]
남이 장군의 기상을 읊은 것으로, 예종(睿宗) 때 간신 유
자광(柳子光)이 '미평국(未平國)'을 '미득국(未得國)'이라 하
여 역모(逆謀)의 뜻이 있다고 무고(誣告)하여 죽였다.

― **남이** 조선 전기의 무신. 할아버지는 남휘(南暉)
고, 태종(太宗)의 외손(外孫). 17세에 무과(武科)에
급제하여 북정서토(北征西土)의 큰 공이 있고 26세에
병조판서에 이름. 시호는 충무(忠武).

한식

寒食₁한식

이정(李婷)

한식 청명의 2월에
봄바람 서성이는 뒤안길에 그네를 맨다.
꾀꼬리 울면서 날아가니
살구꽃이 활짝 피어 아름답다.

寒食淸明₂二月天   한식청명이월천
東風庭院掛鞦韆₃   동풍정원괘추천
流鶯啼過畵樓去   유앵제과화루거
一樹杏花開正妍   일수행화개정연

[주석]

1. 한식(寒食) 봄의 한식날.

2. 청명(淸明) 한식 전날의 청명절을 말함.

3. 추천(鞦韆) 그네.

[대의]

봄바람이 부는 뒤안길에서 그네를 뛰고, 꾀꼬리가 울고,
살구꽃이 곱게 핀 한식날을 그렸다.

— **이정** 조선의 왕족. 자는 자미(字美), 호는 풍월정
(風月亭). 월산대군(月山大君). 덕종(德宗)의 맏아들.
성종(成宗)의 친형. 시호는 효문(孝文).

가을

秋懷추회

정용(鄭鎔)

빗속에 드리운 국화꽃
뜰에 떨어지는 오동잎은 가을
오늘 따라 이 마음이 서글퍼지는 것은
어젯밤 배 띄워 논 꿈 탓인가.

菊垂雨中在   국수우중재
秋驚庭上梧   추경정상오
今朝倍惆愴₁ 금조배추창
昨夜夢江湖   작야몽강호

[주석]
1. 추창(惆愴) 슬픈 것.

[대의]
국화꽃이 지고 오동잎이 지는 가을의 서글픔을 읊었다.

― **정 용** 조선 중종(中宗) 때 문신. 자는 백련(百鍊),
호는 오정(梧亭).

봄은 왔는데
送白光勳還鄉송백광훈환향

임억령(林億齡)

강에 떠 있는 저 달은 둥글다가 이지러지고
뜰 앞의 매화는 피고 지나니.
봄이 와도 돌아가지 못하는 이 몸
홀로 정자에 올라 고향을 바라본다.

江月圓復缺₁   강월원부결
庭梅落又開   정매락우개
逢春歸未得   봉춘귀미득
獨上望鄉臺   독상망향대

174

[주석]

1. 원부결(圓復缺) 원(員)은 만월. 결(缺)은 조각달. 즉 달이 만월이 되었다가 이지러지는 것.

[대의]

달은 만월이 되면 이지러지고, 꽃은 피면 지는데, 봄이 돌아와도 고향에 가지 못하는 서글픈 마음을 읊었다.

— **임억령** 조선 중기의 문신·시인. 자는 대수(大樹), 호는 석천(石川). 중종(中宗) 때 급제하여 벼슬이 관찰사에 이름.

산에 돌아와서

用企齋韻送聽松還山용기재운송청송환산

임억령(林億齡)

숨어서 사는 산 마을
숲속 돌길이 사립문으로 이어져 있다.
이 몸은 흐르는 물처럼 세상에 태어났는데
꿈길에서 갈매기처럼 강 위를 날아간다.
산 너머에서 떠도는 구름이 창 사이에 지나가고
불어오는 빗방울이 휘장에 아롱진다.
훨훨 자리를 박차고 싶으나
이 세상에서 갈 곳이 어디 있는가.

寂寞荒村隱小微　적막황촌은소미
蕭條石徑接柴扉₁　소조석경접시비
身同流水世間出　신동류수세간출
夢作白鷗江上飛　몽작백구강상비

176

山擁客窓雲入座 산옹객창운입좌

雨侵書榻₂葉投幃 우침서탑엽투위

飄然₃又作投簪計 표연우작투잠계

塵土無由染素衣 진토무유염소의

[주석]
1. 시비(柴扉) 가시로 만든 사립문.
2. 서탑(書榻) 글을 읽는 자리. 긴 책상을 놓고 글을 읽
는 방.
3. 표연(飄然) 가벼운 모습.

[대의]
세상을 피해 깊은 산골에서 산과 물을 거닐면서 사는 선비
의 생활을 읊었다.

— **임억령** 조선 중기의 문신·시인. 자는 대수(大樹),
호는 석천(石川). 중종(中宗) 때 급제하여 벼슬이 관
찰사에 이름.

송경에서

松京懷古송경회고

이맹균(李孟畇)

5백 년의 고려 왕조가 끝났도다
계림 땅을 압록강까지 뻗친 그 공적은 크기도 하
다.
영웅이 이미 가고 나라만 남았고
서울이 남쪽으로 옮겨지니 옛터가 텅 비어 있다.
옛 성에 비가 지나가니 안개가 끼고
숲속 무덤가에는 석양이 처량하게 비치고 있다.
가을바람에 나그네의 한은 끝이 없는데
아득한 옛일처럼 물은 흘러간다.

　　　五百年來王氣終　　오백년래왕기종
　　　操鷄搏鴨1竟何功　　조계박압경하공
　　　英雄已逝山河在　　영웅이서산하재

178

人物南遷₂市井空　인물남천시정공

上苑₃煙霞微雨後　상원연하미우후

諸陵₄草樹夕陽中　제릉초수석양중

秋風客恨知多少　추풍객한지다소

往事悠悠水自東　왕사유유수자동

[주석]

1. 조계박압(操鷄搏鴨) 계림 땅에서부터 압록강까지를 말함.

2. 남천(南遷) 개성에서 서울로 옮겨 감.

3. 상원(上苑) 궁전 등이 있던 곳.

4. 제릉(諸陵) 많은 왕릉.

[대의]

송경에서 인생의 무상과 세월의 변천에 따라 모든 것이 허무하다는 것을 읊었다.

— **이맹균** 고려 말·조선 전기의 문신. 자는 사원(士原), 호는 한재(漢齋). 목은(牧隱) 이색(李穡)의 손자. 벼슬은 찬성(贊成)에 이름. 시호는 문혜(文惠).

영남루에서
密陽嶺南樓밀양영남루

김계창(金季昌)

눈길이 동남 하늘 끝까지 환하구나
술잔에 떠오는 이 경치를 마셔 보자.
시는 무심히 내리는 가랑비 속에서 지어지고
흥은 끝없이 뻗어 있는 강물 따라 흘러가네.
갈매기는 강기슭 반짝이는 모래사장에서 놀고
소는 언덕길 아지랑이 남실거리는 풀밭에서 존다.
주인은 나그네의 뜻을 알고서
봄바람을 이끌고 술자리로 들어가네.

眼豁東南萬里天　안활동남만리천
一區形勝屬樽前₁　일구형승속준전
詩成片雨無心處　시성편우무심처
興逐長江不盡邊　흥축장강부진변

鷗逐驚沙晴湧雪　구축경사청용설

牛眠芳草綠生煙　우면방초록생연

主人慣識遊人₂意　주인관식유인의

笑領₃春風入醉筵　소령춘풍입취연

[주석]

1. 준전(樽前) 술동이 앞에서.

2. 유인(遊人) 시인, 풍류객.

3. 소령(笑領) 웃으면서 거느림.

[대의]

밀양 영남루에서 탁 트인 경치와 그곳에 흐르는 강 언덕에 보이는 갈매기, 한가한 소[牛], 모래와 풀 등의 경치에 도취된 모습을 읊었다.

— **김계창** 조선 전기의 문신. 자는 세번(世蕃). 벼슬이 이조참판에 이름.《세조실록(世祖實錄)》편찬에 참여함.

산중에서
山中산중

이이(李珥)

약을 캐다가 길을 잃었네
첩첩이 쌓여 있는 봉마다 가을이 지네.
스님이 물을 길어 돌아가니
연기가 나무 끝에서 피어나네.

採藥忽迷路　채약홀미로
千峰秋葉裏　천봉추엽리
山僧汲水歸　산승급수귀
林末茶烟₁起　임말다연기

[주석]
1. 다연(茶烟) 저녁연기.

[대의]
산속에서 약초를 캐다가 스님이 물을 길어 가자 절에서 연기가 나는 것을 보고 읊었다.

— **이이** 조선 중기의 성리학자. 자는 숙헌(叔獻), 호는 율곡(栗谷)·석담(石潭). 명종 때 급제하여 독서당에 뽑힘. 해주(海州) 고산(高山)에 구곡을 정하고 후학을 지도한 것으로 유명함. 저서에 《격몽요결(擊蒙要訣)》, 시조 대표작으로 〈고산구곡가(高山九曲歌)〉가 있음. 시호는 문성(文成). 문묘에 배향함.

화석정에서

花石亭화석정

이이(李珥)

숲길에 가을이 저물어 가니
시상이 끝이 없다.
강물은 하늘 끝까지 잇닿아 푸르고
단풍은 햇빛 따라 붉게 탄다.
산 위에는 둥근 달이 솟아오르고
강은 만리에서 불어오는 바람결에 일렁인다.
기러기는 어디로 가는가?
소리가 저물어 가는 구름 속에서 끊어지네.

林亭秋已晚　임정추이만
騷客₁意無窮　소객의무궁
遠水連天碧　원수련천벽
霜楓向日紅　상풍향일홍

山吐孤輪月₂   산토고륜월

江含萬里風   강함만리풍

塞鴻₃何處去   새홍하처거

聲斷暮雲中   성단모운중

[주석]
1. 소객(騷客) 시인.
2. 고륜월(孤輪月) 외로운 모습의 둥근 달.
3. 새홍(塞鴻) 북쪽에서 날아온 기러기.

[대의]
이이가 어렸을 때 지었다고 하는데, 화석정에서 보이는 것을 소재로 하여 읊었다.

— 이이 조선 중기의 성리학자. 자는 숙헌(叔獻), 호는 율곡(栗谷)·석담(石潭). 명종 때 급제하여 독서당에 뽑힘. 해주(海州) 고산(高山)에 구곡을 정하고 후학을 지도한 것으로 유명함. 저서에 《격몽요결(擊蒙要訣)》, 시조 대표작으로 〈고산구곡가(高山九曲歌)〉가 있음. 시호는 문성(文成). 문묘에 배향함.

임의 곁을 떠나며
求退有感구퇴유감

이이(李珥)

행하고 그치는 것은 운명

내 본래 깨끗하게 살자는 것은 아니지만.

글을 올려 임의 곁을 떠나

호수에 갈대처럼 떠 갔네.

내 바탕이 밭이나 갈고 사는 것

꿈길은 항시 임을 그리면서.

고향에 돌아와 마음이 편하니

가난이야 걱정할 것 있는가.

行藏1由命豈有人　행장유명기유인

素志曾非在潔身　소지증비재결신

閭闔三章2辭聖主3　여합삼장사성주

江湖一葦載孤臣　강호일위재고신

疎才只合耕南畝　소재지합경남무

清夢徒然繞北辰4　청몽도연요북신

茅屋石田還舊業　모옥석전환구업

半生心事不憂貧　반생심사불우빈

[주석]
1. 행장(行藏) 행지(行止). 동정(動靜).
2. 여합삼장(閭闔三章) 시골집으로 떠난다는 글.
3. 성주(聖主) 임금. 선조를 말함.
4. 북신(北辰) 북극성. 왕이 있는 궁중을 말함.

[대의]
벼슬을 그만두고 시골집으로 가서 가난하게 지내며, 분수를 지키고 밭을 갈면서 임을 그리워하는 심정을 읊었다.

— 이이 조선 중기의 성리학자. 자는 숙헌(叔獻), 호는 율곡(栗谷)·석담(石潭). 명종 때 급제하여 독서당에 뽑힘. 해주(海州) 고산(高山)에 구곡을 정하고 후학을 지도한 것으로 유명함. 저서에 《격몽요결(擊蒙要訣)》, 시조 대표작으로 〈고산구곡가(高山九曲歌)〉가 있음. 시호는 문성(文成). 문묘에 배향함.

가을하늘에
秋思추사

양사언(楊士彦)

연기는 들 가운데서 피어나고
해는 지평선으로 넘어가네.
남쪽에서 날아온 기러기여
우리 집 편지를 전해다오.

高煙生曠野   고 연 생 광 야
殘日下平蕪1   잔 일 하 평 무
爲問南來雁   위 문 남 래 안
家書寄我無   가 서 기 아 무

[주석]
1. 평무(平蕪) 넓은 들.

[대의]
쓸쓸한 가을하늘에 나는 기러기를 보고 집 생각이 나서 읊었다.

— **양사언** 조선 전기의 문신·서예가. 자는 응빙(應聘), 호는 봉래(蓬萊). 형 양사준(楊士俊), 동생 양사기(楊士奇)와 함께 글에 뛰어나 중국의 삼소(三蘇, 소식·소순·소철)에 견주어짐.

낚시질

南溪暮泛₁ 남계모범

송익필(宋翼弼)

노를 놓고 꽃에 취하여 보네
달빛을 맞아 여울물을 건너 보네.
술에 취하여 고기를 낚으니
배는 꿈길을 흘러가네.

迷花歸棹晚　미화귀도만

待月下灘遲　대월하탄지

醉裏猶垂釣　취리유수조

舟移夢不移　주이몽불이

[주석]
1. 모범(暮泛) 날이 저물어 배를 띄움.

[대의]
달을 맞으며 밤에 낚시질하는 풍취 있는 생활을 읊었다.

— **송익필** 조선 중기의 학자. 자는 운장(雲長), 호는 구봉(龜峯). 철리(哲理)에 정통하여 이이(李珥)의 도우(道友)로 친밀하였고, 이산해(李山海)·백광훈(白光勳) 등과 함께 팔문장(八文章)이라 일컬어짐.

산길
山行산행

송익필(宋翼弼)

산길이 아름다워 쉬고 있으면 가기가 싫으니
말을 소나무 그늘에 매고 물소리를 듣는다.
이 길을 몇이나 갔을까, 이 길을 또 몇이나 갈 것
인가
사람은 오고 가는 것, 다툴 것이 무엇인가?

山行忘坐坐忘行　산행 망좌 좌망행

歇馬松陰₁聽水聲　헐마 송음 청수 성

後我幾人先我去₂　후아 기인 선아 거

各歸其止又何爭　각 귀기 지우 하쟁

[주석]

1. 헐마송음(歇馬松陰) 말을 소나무 그늘에 매어 놓고 쉼.

2. 선아거(先我去) 나보다 먼저 간 사람이 몇이나 되는가.

[대의]

산길을 가다가 소나무 그늘에 쉬면서 인생의 허무를 느껴 읊었다.

— **송익필** 조선 중기의 학자. 자는 운장(雲長), 호는 구봉(龜峯). 철리(哲理)에 정통하여 이이(李珥)의 도우(道友)로 친밀하였고, 이산해(李山海) · 백광훈(白光勳) 등과 함께 팔문장(八文章)이라 일컬어짐.

만월

望月 망월

송익필(宋翼弼)

조각달이 둥글지 못한 것을 한하더니
어찌 둥근 뒤에는 그리 쉽게 이지러지는가.
30일 가운데 둥근 것은 단 하루뿐
생각하면 세상일이 다 이런 것인가.

未圓常恨就圓遲　미원상한취원지

圓後如何易就虧　원후여하이취휴

三十夜中圓一夜　삼십야중원일야

百年心事摠如斯₁　백년심사총여사

[주석]

1. 총여사(摠如斯) 모든 이치가 이와 같음. 곧 달이 차면 기운다는 뜻.

[대의]

달이 만월이 되었다가 조각달이 되는, 곧 만월은 하루뿐으로 다시 이지러지는 달의 이치를, 모든 인생의 즐거움은 적고 괴로움 속에 사는 것에 비유하여 읊었다.

— **송익필** 조선 중기의 학자. 자는 운장(雲長), 호는 구봉(龜峯). 철리(哲理)에 정통하여 이이(李珥)의 도우(道友)로 친밀하였고, 이산해(李山海)·백광훈(白光勳) 등과 함께 팔문장(八文章)이라 일컬어짐.

남악을 유람하며

遊南嶽유남악

송익필(宋翼弼)

벼슬 없는 사람끼리
속세를 떠나서 논다.
깊은 골에 꽃은 흐드러지게 피고
물소리는 봉우리 사이에서 들린다.
술잔에 떠오는 그림 같은 봉우리
소맷자락에 젖어드는 싸늘한 바람.
흰 구름이 바위 난간에 피어나니
소를 몰고 돌아가는 목동이여.

草衣人三四₁ 초의인삼사
於塵世外遊 어진세외유
洞深花意懶 동심화의라
山疊水聲幽 산첩수성유

短嶽₂盃中畵　단악배중화

長風₃袖裏秋　장풍수리추

白雲巖下起　백운암하기

歸路駕靑牛₄　귀로가청우

[주석]
1. 삼사(三四) 3인 또는 4인.
2. 단악(短嶽) 낮은 산.
3. 장풍(長風) 쉬지 않고 부는 바람.
4. 청우(靑牛) 푸른 봄풀을 뜯어 먹은 소를 말함. 즉
소.

[대의]
남악(南嶽)의 그림같이 아름다운 경치를 보고 세상 밖의
세계에서 사는 모습을 읊었다.

— **송익필** 조선 중기의 학자. 자는 운장(雲長), 호는
구봉(龜峯). 철리(哲理)에 정통하여 이이(李珥)의 도
우(道友)로 친밀하였고, 이산해(李山海)·백광훈(白光
勳) 등과 함께 팔문장(八文章)이라 일컬어짐.

우계 형에게
寄牛溪기우계

송익필(宋翼弼)

이 땅에 누가 태평한 세상을 알 것인가
아픈 몸으로 변방에서 늙어가는 신세여.
가슴 속 품은 큰 뜻이 이제 물거품처럼 사라지니
이 세상에 사나이로 태어난 것이 후회스럽다.
꽃이 피고자 할 때는 바야흐로 빛이 있고
물이 호수를 이루면 문득 소리가 없는 것.
온누리에 비가 개니 한결 시정이 솟아난다
맑은 하늘에 떠 있는 달은 몇만 년이나 비췄을까.

安土誰知是太平　안토수지시태평

白頭多病滯邊城　백두다병체변성

胸中大計終歸繆₁　흉중대계종귀류

天下男兒不復生₂　천하남아불부생

198

花欲開時方有色　　화욕개시방유색

水成潭處却無聲　　수성담처각무성

千山雨過琴書潤　　천산우과금서윤

依舊晴空月獨明　　의구청공월독명

[주석]
1. 종귀류(終歸繆) 끝내 잘못된 곳으로 돌아감.
2. 불부생(不復生) 한번 죽으면 다시 살아날 수 없음.

[대의]
사나이로 태어나서 보람 있는 일을 하지 못하고 죽는 것이
한스러우나, 대자연의 변함 없는 진리 속에 오가는 법칙의
경지에 이른 자신을 읊었다.

— **송익필** 조선 중기의 학자. 자는 운장(雲長), 호는
구봉(龜峯). 철리(哲理)에 정통하여 이이(李珥)의 도
우(道友)로 친밀하였고, 이산해(李山海)·백광훈(白光
勳) 등과 함께 팔문장(八文章)이라 일컬어짐.

백마강

白馬江백마강

송익필(宋翼弼)

백제의 문물이 이제 언덕을 이루고 있을 뿐
노래와 춤은 연기처럼 사라지고 소쩍새만 슬피
운다.
용을 낚은 조룡대 너머에는 구름만 아득히 떠가고
떨어진 3천 궁녀는 자취 없고 백마강만 말없이
흐른다.
배를 젓는 사공은 어지러운 세상을 말하다가 눈
물 흘리고
한 피리 소리 들려오는 푸른 산은 백제의 산이던
가.
충신들의 넋이 어느 곳에 묻혀 있는가
사람들은 끝없이 배를 타고 떠나고 싶은 생각뿐.

百年文物摠成丘　백년문물총성구
歌舞煙沈杜宇愁　가무연침두우수

投馬有臺₁雲寂寂　투마유대운적적

落花無迹水悠悠　낙화무적수유유

孤舟白髮傷時淚₂　고주백발상시루

一笛靑山故國秋₃　일적청산고국추

欲弔忠魂何處是　욕조충혼하처시

令人長憶五湖舟₄　영인장억오호주

[주석]

1. 투마유대(投馬有臺) 말을 미끼로 용을 낚은 곳에 조룡대(釣龍臺)가 있음.　2. 상시루(傷時淚) 시국을 슬퍼하여 눈물 흘리고.　3. 고국추(故國秋) 옛 백제의 가을.　4. 오호주(五湖舟) 중국 오(吳)나라 때 범려(范蠡)가 월(越)나라를 정벌한 뒤 모든 부귀영화를 버리고 오호에 배를 띄워 종적을 감춘 고사를 인용한 것.

[대의]

백제의 옛 서울 부여에 와서 세상의 변천과 인생의 허무를 느끼고 읊었다.

― **송익필** 조선 중기의 문인. 자는 운장(雲長), 호는 구봉(龜峯). 철리(哲理)에 정통하여 이이(李珥)의 도우(道友)로 친밀하였고, 이산해(李山海)·백광훈(白光勳) 등과 함께 팔문장(八文章)이라 일컬어짐.

발길을 끊고서

書懷[1]서회

김굉필(金宏弼)

오가는 발길을 끊고서 한가하게 지내니
밝은 달빛만이 이 쓸쓸한 가슴에 비추네.
그대여 삶의 괴로움을 말하지 말라
끝없이 펼럭이는 안개 속 첩첩한 산속에 묻혀 살
자.

處獨居閑絶往還	처독거한절왕환
只呼明月照孤寒	지호명월조고한
憑君莫問生涯事	빙군막문생애사
萬頃烟波數疊山	만경연파수첩산

[주석]
1. 서회(書懷) 회포를 씀.

[대의]
모든 내왕을 끊고 홀로 한가하게 있으면서 달빛과 아지랑이와 첩첩한 산 등을 대하고 사는 가난한 선비의 생활을 묘사하였다.

— **김굉필** 조선 전기의 성리학자. 자는 대유(大猷), 호는 한훤당(寒暄堂). 점필재(佔畢齋) 김종직(金宗直)의 문인으로 연산군(燕山君) 때 갑자사화(甲子士禍)로 억울하게 죽음. 시호는 문경(文敬). 문묘에 배향함.

청주에서

題淸州東軒제청주동헌

성현(成俔)

병풍과 휘장을 치고 누웠으니
사람 소리는 들리지 않고 비파 소리만 이따금 들
리는구나.
밤에 가득히 스며든 향기에 한잠을 깨니
뜰에 피어 있는 장미꽃이 비에 젖고 있다.

畵屛高枕掩羅幃₁　화병고침엄나위

別院₂無人琵已稀　별원무인비이희

爽氣滿簾新睡覺　상기만렴신수교

一庭微雨濕薔薇　일정미우습장미

[주석]
1. 나위(羅幃) 비단으로 만든 휘장.
2. 별원(別院) 별채로 있는 집.

[대의]
청주 동헌에서 잠을 깨니 장미에 비가 내리고, 상쾌한 바람이 창에 불어와 시흥을 돋우는 정경을 읊었다.

— **성현** 조선 전기의 문신. 자는 경숙(磬叔), 호는 용재(慵齋) · 허백당(虛白堂). 성임(成任)의 동생으로 독서당에 뽑혔고 연산군(燕山君) 때 대제학을 맡고 벼슬이 예조판서에 이름. 《악학궤범(樂學軌範)》·《용재총화(慵齋叢話)》를 편찬함. 시호는 문재(文載).

홍경사에서
弘慶寺홍경사

백광훈(白光勳)

가을 풀은 절의 역사를 말하는가
비석에 새겨진 글은 누구의 입김인가.
천년을 두고 물은 흐르나니
저녁놀에 서서 시름을 구름에 띄워 보내는가.

秋草前朝₁寺　추초전조사

殘碑學士文₂　잔비학사문

千年有流水　천년유류수

落日見歸雲　낙일견귀운

1. 전조(前朝) 전 세대의 조정. 아득한 옛 나라.
2. 학사문(學士文) 학사들이 쓴 글.

[대의]
홍경사에서 인생의 무상함을 읊었다.

― **백광훈** 조선 중기의 문인. 자는 창경(彰卿), 호는
옥봉(玉峯). 음직(蔭職)으로 참봉(參奉)에 이름. 팔문
장(八文章)의 한 사람으로 일컬어짐.

봄날

閑居卽事한거즉사

백광훈(白光勳)

봄날
문밖에는 어제 내린 비가 개었구나.
산봉우리마다 구름이 떠가고
새는 저 건너 숲속에서 운다.
나그네는 시냇물을 건너가고
나는 꽃 속을 걷고 있다.
새로 익은 술을 권하니
내 마음을 달래주는 이는 임뿐이다.

欲說春來事　욕설춘래사
柴門昨夜晴　시문작야청
閑雲度峰影₁　한운도봉영
好鳥隔林聲₂　호조격림성

客去水邊坐 　객거수변좌

夢回花裏行 　몽회화리행

仍開新熟酒[3] 　잉개신숙주

瘦婦[4]自知情 　수부자지정

[주석]
1. 도봉영(度峰影) 산봉우리를 지나는 그림자.
2. 격림성(隔林聲) 숲속에서 우는 소리.
3. 신숙주(新熟酒) 새로 익은 술.
4. 수부(瘦婦) 수척한 모습의 여인.

[대의]
비 갠 봄날에 구름과 새, 나그네와 꽃과 술과 더불어 한가
하게 사는 선비의 모습을 그렸다.

— **백광훈** 조선 중기의 문인. 자는 창경(彰卿), 호는
옥봉(玉峯). 음직(蔭職)으로 참봉(參奉)에 이름. 팔문
장(八文章)의 한 사람으로 일컬어짐.

어떤 사람을 사랑할까
偶吟우음

조식(曹植)

어떤 사람을 사랑할까
호랑이 가죽을 사랑하는 마음이여.
생전에 죽이고 싶은 것은
사후에 그 가죽이 아름다워서지만.

    人之愛正士　인지애정사
    好虎皮₁相似　호호피상사
    生前欲殺之　생전욕살지
    死後方稱美　사후방칭미

1. 호호피(好虎皮) 호랑이는 가죽이 가치가 있음. 호사 유피(虎死留皮)를 인용한 것.

[대의]
세상에 지조가 있는 선비는 생전에는 사람들이 헐뜯지만, 죽은 뒤에는 이름이 남는다는 것을 호랑이 가죽에 비유하여 썼다.

━ **조식** 조선 중기의 문신·학자. 자는 건중(楗中), 호는 남명(南冥). 벼슬을 내렸으나 사양하였음. 시호는 문정(文貞).

구름에 가린 햇빛

漫成[1]만성

조식(曹植)

구름에 가린 햇빛처럼
평생을 벼슬길의 은총을 받지 못했네.
소보 허유도 절개를 지키지 못하고
영수와 기산에 들어가 몸을 닦았네.

半日雲中是赤城　반일운중시적성
一生難許入承明[2]　일생난허입승명
方知巢許[3]無全節　방지소허무전절
自是箕山[4]做得成　자시기산주득성

[주석]

1. 만성(漫成) 부질없이 시를 지음.

2. 입승명(入承明) 임금의 밝은 은총을 받기 위하여 궁 중에 들어감.

3. 소허(巢許) 중국 요(堯)임금 때의 고사(高士) 소보 (巢父)와 허유(許由)를 말함.

4. 기산(箕山) 산 이름. 허유가 은신한 산.

[대의]

임금의 은총을 받지 못하고 가난한 선비로 절개를 지키며 사는 모습을 읊었다.

— **조식** 조선 중기의 문신·학자. 자는 건중(楗中), 호는 남명(南冥). 벼슬을 내렸으나 사양하였음. 시호 는 문정(文貞).

스님에게

贈僧증승

성혼(成渾)

물 맑고 구름 떠 있는 산골짜기에 집을 짓고 사
니
이 늙은이 세상일에 무슨 뜻이 있으리오.
새벽에 산새 우는 소리에 잠을 깨면
지팡이 짚고 뜰을 돌면서 꽃향기를 맡는다.

一區耕鑿1水雲中   일구경착수운중
萬事無心白髮翁   만사무심백발옹
睡起數聲山鳥語   수기수성산조어
杖藜2閒步遶花叢   장려한보요화총

214

[주석]
1. 경착(耕鑿) 밭을 갈고 샘을 파서 물을 마심.
2. 장려(杖藜) 명아주로 만든 지팡이.

[대의]
속세를 떠나 깊은 산속에서 모든 일을 잊고 즐겨 사는 모습을 그렸다.

— **성혼** 조선 전기의 문신·학자. 자는 호원(浩源), 호는 우계(牛溪). 성침(成琛)의 아들. 은일(隱逸)로 벼슬이 참찬(參贊)에 이름. 시호는 문간(文簡). 문묘에 배향함.

마이산

馬耳山마이산

김수동(金壽童)

마이산의 우뚝 솟은 두 봉우리
구름이 걷힌 뾰족한 바위에는 가을빛이 어려 있
다.
들으니 산마루에 못이 있다고 하니
그 못 속의 용을 볼 수는 없을까.

馬耳雙尖₁揷太空 마이쌍첨삽태공
雲開突兀露秋容 운개돌올로추용
似聞絶頂神湫₂在 사문절정신추재
鼓角何能試老龍 고각하능시로룡

216

[주석]

1. 쌍첨(雙尖) 전라북도 진안(鎭安)에 있는 마이산의 두 봉우리가 맞대고 있음.

2. 신추(神湫) 신령스러운 못. 용이 산다는 못.

[대의]

마이산의 우뚝 솟은 두 봉우리를 보고 읊었다.

— **김수동** 조선 전기의 문신. 자는 미수(眉叟), 호는 만보당(晩保堂). 벼슬은 중종 때 영의정에 이름. 시호는 문경(文敬).

지리산

遊岳陽유악양

정여창(鄭汝昌)

마름 잎이 봄날에 하늘거리니
꽃이 핀 4월에 보리는 누렇게 익었네.
지리산 많은 봉우리를 보고 나서
배를 띄워 강줄기를 따라가네.

風蒲獵獵1弄輕柔　풍포렵렵롱경유
四月花開麥已秋　사월화개맥이추
看盡流頭2千萬疊　간진류두천만첩
孤舟又下大江流　고주우하대강류

[주석]
1. 엽렵(獵獵) 바람 소리.
2. 유두(流頭) 지리산을 말함. 두류산(頭流山)이라고도
함.

[대의]
4월에 지리산을 모두 구경하고 배로 강을 내려오는 상쾌
한 기분을 읊었다.

― **정여창** 조선 전기의 문신·학자. 자는 백욱(伯勗),
호는 일두(一蠹). 한훤당(寒暄堂) 김굉필(金宏弼)의
친구로 연산군 때 귀양 가서 죽음. 시호는 문헌(文
獻). 문묘에 배향함.

부벽루

浮碧樓부벽루

기대승(奇大升)

금수강산 속에 있는 절이요
대동강 위에 있는 정자라.
저 강산은 변함이 없는데
세월은 얼마나 흘렀는가.
벽면의 글귀를 읽고
언덕 바위에 성명을 새긴다.
배를 저어라
푸른 물결을 올라가자.

錦繡山前寺　금수산전사

大同江上樓　대동강상루

江山自古今　강산자고금

往事幾春秋₁　왕사기춘추

220

粉壁留佳句₂　분벽류가구

蒼崖記勝遊₃　창애기승유

扁舟₄不迷路　편주불미로

余亦泝淸流　여역소청류

[주석]
1. 춘추(春秋) 세월.
2. 유가구(留佳句) 좋은 글귀를 써 놓음.
3. 승유(勝遊) 흥취 있게 노는 것. 이름 등을 기록하여 놓음.
4. 편주(扁舟) 배의 노(빗장, 곧 노)를 말함.

[대의]
대동강의 뛰어난 경치를 많은 세월 동안 사람들이 거쳐 간 흔적이 새겨져 있고, 자신도 맑은 강을 배를 타고 올라가는 모습을 읊었다.

— **기대승** 조선 중기의 문신·학자. 자는 명언(明彦), 호는 고봉(高峰). 명종(明宗) 때 급제하여, 독서당에 뽑히고 벼슬이 부제학(副提學)에 이름. 덕원군(德原君)에 봉하였으며 시호는 문헌(文憲).

해당화 그늘 아래서

海棠花下杜鵑啼해당화하두견제

신응시(辛應時)

해당화는 지는데 봄은 깊어가고
두견새 울음소리가 처량하다.
창밖에 가을 소리
베갯머리에 꿈길도 차갑다.
두견새 우는 소리를 들을 때마다
고향으로 돌아가고 싶은 시름이여.
우리 임이 병석에 계시니
나뭇가지 위에서 울지를 말라.

春盡棠花₁晚   춘진당화만
空留蜀鳥₂啼   공류촉조제
隔窓聞秋老   격창문추로
倚枕夢猶凄   의침몽유처

怨血聲聲落　원혈성성락

歸心夜夜西　귀심야야서

吾王方在疚3　오왕방재구

莫近上林棲4　막근상림서

[주석]
1. 당화(棠花) 해당화.
2. 촉조(蜀鳥) 두견새.
3. 재구(在疚) 병석에 있음.
4. 상림서(上林棲) 소쩍새가 높은 나무에 깃들어서 우
는 것을 말함.

[대의]
해당화 그늘에서 두견새 울음소리를 듣고 단종(端宗)의
옛일이 생각나서 지었다.

— 신응시 조선 중기의 문신. 자는 군망(君望), 호는
백록(白麓). 명종(明宗) 때 독서당에 뽑히고 벼슬이
부제학에 이름. 시호는 문장(文莊).

꽃이 피고 지는데

偶吟[1]우음

송한필(宋翰弼)

꽃이 어제 저녁 비에 피더니
꽃이 아침 바람에 떨어지네.
아, 한 해의 봄이
바람과 비 가운데 오고가네.

花開昨夜雨　화개작야우
花落今朝風　화락금조풍
可憐[2]一春事[3]　가련일춘사
往來風雨中　왕래풍우중

224

[주석]
1. 우음(偶吟) 우연히 읊음.
2. 가련(可憐) 슬픈 것.
3. 일춘사(一春事) 1년의 봄 일.

[대의]
비바람에 꽃이 피고 지는 가운데 1년이 간다는 것을 읊었다.

— **송한필** 조선 중기의 학자·문장가. 자는 계응(季鷹), 호는 운곡(雲谷). 형 송익필(宋翼弼)과 함께 당대의 문장가로 이름이 높았음.

매화 향기를 맡으며

偶吟우음

이후백(李後白)

가랑비에 갈 길이 아득하니
10리 길이 나귀 등에 저물어 간다.
매화꽃이 곳곳에 피어 있으니
그윽한 향기에 내 마음이 설렌다.

細雨迷歸路　세우미귀로
蹇驢₁十里風　건려십리풍
野梅隨處發　야매수처발
魂斷暗香中　혼단암향중

[주석]
1. 건려(蹇驢) 발을 저는 당나귀.

[대의]
매화가 핀 들길을 가랑비 속에서 당나귀를 타고 향기를 맡으며 가는 초인(超人)의 모습을 읊었다.

— **이후백** 조선 중기의 문신. 자는 계진(季眞), 호는 청련(靑蓮). 명종(明宗) 때 독서당에 뽑혀 벼슬이 이조판서에 이름.

규원

閨怨₁규원

이후백(李後白)

붉은 저 해가 흐리구나
텅 빈 집에 봄빛만 깊어 간다.
이 몸은 문 앞의 버들가지
아리따운 얼굴이 병들어 간다.

白日紅紅麗日紅　백일홍홍려일홍
空陰春色等閒深　공음춘색등한심
妾身只似門前柳　첩신지사문전류
眉樣雖新已朽心　미양수신이후심

[주석]
1. 규원(閨怨) 임을 이별한 여인이 안방에서 원망스럽게 날을 보내는 것을 말함.

[대의]
임과 헤어진 여인이 혼자 수심으로 세월을 보내는 심정을 버들을 비유해서 읊었다.

— **이후백** 조선 중기의 문신. 자는 계진(季眞), 호는 청련(靑蓮). 명종(明宗) 때 독서당에 뽑혀 벼슬이 이조판서에 이름.

중양절
重陽₁중양

정작(鄭碏)

사람이 중양절을 사랑하나
반드시 중양절이 흥을 돋우는 것은 아니다.
만일 국화꽃 옆에서 술을 마시면
가을 어느 날이 중양절 아닌 날이 있겠는가.

世人最重重陽節　세인최중중양절
未必重陽引興長　미필중양인흥장
若對黃花₂傾白酒　약대황화경백주
九秋₃何日不重陽　구추하일부중양

1. 중양(重陽) 음력 9월 9일.

2. 황화(黃花) 국화꽃.

3. 구추(九秋) 가을 계절. 가을의 3개월을 말함.

[대의]

국화꽃이 피는 음력 9월 9일 중양절을 맞이하여 국화 옆에서 술 마시는 흥취를 읊었다.

— **정작** 조선 중기의 문신. 자는 군경(君敬), 호는 고옥(古玉). 북창(北窓) 정염(鄭磏)의 동생. 음직으로 평사(評事)에 이름.

어느 곳으로 갈 것인가
題忠州望京樓韻제충주망경루운

김인후(金麟厚)

이 몸은 어느 곳에서 왔는가
이 몸은 어느 곳으로 갈 것인가.
오가는 것이 자취가 없으니
허무한 인생의 삶이여.

來從何處來　내종하처래

去向何處去　거향하처거

去來無定蹤　거래무정종

悠悠百年計₁　유유백년계

1. 백년계(百年計) 백 년 간. 인생 백 년을 말함.

[대의]
인생 백 년이 결국 흔적 없이 무상하다는 것을 읊었다.

― **김인후** 조선 중기의 문신. 자는 후지(厚之), 호는 하서(河西). 벼슬이 교리(校理)에 이름. 시호는 문정 (文靖). 문묘에 배향함.

산사

山寺산사

이달(李達)

절이 흰 구름 속에 덮여 있으니
흰 구름 속에서 스님이 산다.
닫혀진 문을 열고 보니
골짜기에는 송화 가루가 날리네.

寺在白雲中 사재백운중

白雲僧不掃₁ 백운승불소

客來門始開 객래문시개

萬壑松花老₂ 만학송화로

[주석]
1. 불소(不掃) 쓸지 않음. 함께 짝함.
2. 송화로(松花老) 송화 가루가 다 떨어진 것을 말함.

[대의]
절에서 흰 구름과 더불어 세월 가는 줄 모르고 사는 신선 같은 스님의 생활을 그렸다.

― **이달** 조선 중기의 시인. 자는 익지(益之), 호는 손곡(蓀谷). 최경창 · 백광훈과 함께 당시(唐詩)에 능하다고 알려져 삼당시인(三唐詩人)으로 불림.

동학사에서
會東鶴寺次尹吉甫韻회동학사차윤길보운

이유태(李惟泰)

가을바람에 지팡이를 휘두르는 몸이
해가 저물어서 깊은 산에 이르렀다.
창밖의 웃음소리를 들으며
바위 사이를 거닐어 본다.
돌아가는 길 말하지 말라
세상 길이 험한 것과 같으니라.
아득한 한강의 북쪽을
임이 그리워서 이렇게 바라본다.

秋風藜杖客　추풍려장객

日暮到深山　일모도심산

笑語禪窓下　소어선창하

徘徊巖石間　배회암석간

莫言歸路險　막언귀로험

爭似世途艱[1]　쟁사세도간

邈矣[2]漢江北　막의한강북

懷人[3]不自閑　회인부자한

[주석]
1. 세도간(世途艱) 세상 살기가 어려운 것.
2. 막의(邈矣) 아득한 것.
3. 회인(懷人) 사람을 그리워함. 벗을 그리워함.

[대의]
동학사의 선경(仙境)에 배회하면서 멀리 떨어져 있는 벗이 생각나서 썼다.

— 이유태 조선 중기의 문신·학자. 자는 태지(泰之), 호는 초려(草廬). 시호는 문헌(文憲).

약산의 동대에서
藥山東臺약산동대

이유태(李惟泰)

바위는 천년의 침묵을 지키고
강물은 만리를 도도하게 흐른다.
문을 열고 한번 크게 웃어보고
홀로 넘어가는 해를 바라본다.

藥石₁千年在　약석천년재
晴江萬里長　청강만리장
出門一大笑　출문일대소
獨立倚斜陽　독립의사양

[주석]
1. 약석(藥石) 약산의 바위.

[대의]
약산의 동대에 올라가 맑은 강물을 굽어보고, 저물어 가는
석양에 크게 웃으니 인생이 서글퍼진다는 것을 읊었다.

— **이유태** 조선 중기의 문신·학자. 자는 태지(泰之),
호는 초려(草廬). 시호는 문헌(文憲).

나그넷길

偶吟우음

소두산(蘇斗山)

답답한 마음을 나그넷길로 달래 보니
갈수록 마음을 걷잡을 수 없다.
봄바람이 옷깃에 스며들더니
창 너머 가지에 꽃이 피었네.

鬱鬱₁長爲客   을을장위객

悠悠₂意不窮   유유의불궁

東風忽相過   동풍홀상과

庭樹生春容   정수생춘용

[주석]

1. 울울(鬱鬱) 답답한 마음.
2. 유유(悠悠) 끝없이 아득한 것.

[대의]

봄이 되어 만물은 생기가 도는데, 자신은 나그네 몸이 되어 답답한 마음으로 지내는 것이 가슴 아프다는 것을 묘사하였다.

— **소두산** 조선 후기의 문신. 자는 망여(望如), 호는 월주(月洲). 현종(顯宗) 때 급제하여 벼슬이 형조참의에 이름. 송시열(宋時烈)의 문인.

옛 자취를 찾아서

感古감고

소두산(蘇斗山)

강 비에 풀이 푸르니

내 시름이 끝이 없구나.

술잔을 멈추고 누가 달을 보고 물었던가

옛 자취를 찾아서 나그네는 배에 오른다.

해가 지니 산길을 찾기 어렵고

조수가 밀려 오니 배를 맬 곳이 없다.

서울이 어느 곳인고

돌아가고 싶어 정자에 오른다.

    草綠江潭雨 초록강담우

    騷人萬古愁 소인만고수

    停杯誰問月₁ 정배수문월

    撫跡₂客登舟 무적객등주

242

日落欺山面　일락기산면

潮來₃失渡頭　조래실도두

長安何處是　장안하처시

歸思₄獨憑樓　귀사독빙루

[주석]

1. 문월(問月) 달에게 물음. 이백(李白)의 〈파주문월(把酒問月)〉시를 인용한 것.

2. 무적(撫跡) 옛날의 고적을 더듬어 찾음.

3. 조래(潮來) 밀물을 말함.

4. 귀사(歸思) 서울에 돌아가고 싶은 생각.

[대의]

옛날의 고적을 더듬어 산과 물을 찾아다니면서 세월의 무상함을 느끼고 썼다.

— **소두산** 조선 후기의 문신. 자는 망여(望如), 호는 월주(月洲). 현종(顯宗) 때 급제하여 벼슬이 형조참의에 이름. 송시열(宋時烈)의 문인.

243

산을 넘으며

踰水落山腰₁유수락산요

박태보(朴泰輔)

골짜기를 몇 번이나 돌고 돌았는가
산봉우리가 눈 아래 솟아 있다.
이끼 낀 바위에 가을빛이 흐르고
솔바람 부는 저문 산이 춥다.
놀에 숲길은 아름다운데
안개가 깔려 있는 산길은 보이지 않는다.
사람을 만나 길을 물으니
멀리 붉은 구름 끝을 가리킨다.

溪路幾回轉   계로기회전

中峰處處看   중봉처처간

苔巖秋色淨   태암추색정

松籟₂暮聲寒   송뢰모성한

244

隱日行林好　은일행림호

迷煙出谷難　미연출곡난

逢人問前路　봉인문전로

遙指赤雲3端　요지적운단

[주석]

1. 유수락산요(踰水落山腰) 수락산의 허리를 넘으며.

2. 송뢰(松籟) 솔바람 소리.

3. 적운(赤雲) 붉은 구름. 저녁노을에 붉어진 구름을 말함.

[대의]

수락산 중턱에서 산 정상을 바라보고 느낀 정경을 그렸다.

— **박태보** 조선 후기의 문신. 자는 사원(士元), 호는 정재(定齋). 숙종(肅宗) 때 급제하여 벼슬이 이조판서에 이름. 시호는 문렬(文烈).

수종사

水鍾寺₁수종사

김창집(金昌集)

옛 절이 있는 봉우리 아래
담쟁이 그늘 속에 오솔길이 나 있네.
정자는 강기슭에 덩그렇고
처마에는 산 구름이 나풀거린다.
돛단배는 창 아래 먼 그림자
종소리는 나그네 발걸음을 재촉한다.
숲길에서 머리를 돌려 보니
푸른빛이 온누리를 덮고 있다.

古寺危峰下　고사위봉하
蘿陰細路分　나음세로분
樓臨兩江水　누림량강수
簷帶半山雲　첨대반산운

帆影禪窓落　범영선창락

鐘聲過客聞　종성과객문

雙林屢回首　쌍림루회수

蒼翠漫氤氳2　창취만인온

[주석]
1. 수종사(水鍾寺) 경기도 남양주시 운길산에 있는 절.
2. 인온(氤氳) 기운이 성한 모습.

[대의]
수종사의 정경과 소감을 읊었다.

— **김창집** 조선 후기의 문신. 자는 여성(汝成), 호는
몽와(夢窩). 문곡(文谷) 김수항(金壽恒)의 아들. 숙
종(肅宗) 때 급제하여 벼슬이 영의정에 이름. 시호는
충헌(忠獻).

응향각에서
凝香閣응향각

이득원(李得元)

향기는 떠오고 밤이 깊어가는데
나 홀로 난간 끝에 몸을 기대고 있다.
서늘한 바람이 솔솔 불어와 잠이 오지 않는데
연잎에 떨어지는 빗방울 소리.

凝香閣裏夜悠悠　　응향각리야유유
人倚欄干十二頭₁　　인의란간십이두
凉意滿簾無夢寐　　양의만렴무몽매
一池荷葉雨聲秋　　일지하엽우성추

[주석]

1. 십이두(十二頭) 많은 난간 중에서 마지막 난간.

[대의]

응향각의 가을밤 정서를 읊었다.

— **이득원** 조선 중기의 서예가. 자는 사춘(士春), 호
는 죽재(竹齋).

무엇이 옳고 그른가

無可無不可₁吟무가무불가음

허목(許穆)

한번 가고 한번 오는 것이 이치가 있나니
온갖 이치도 결국 하나에서 비롯한 것.
이 일 이 마음의 이치는 한가지라
무엇이 옳고 무엇이 그르다 할 것인가.

一往一來有常數₂　일왕일래유상수

萬殊初無分物我　만수초무분물아

此事此心皆此理　차사차심개차리

孰爲無可孰爲可　숙위무가숙위가

[주석]

1. 무가무불가(無可無不可) 옳은 것도 없고, 옳지 않은
것도 없음.

2. 상수(常數) 변하지 않는 법칙.

[대의]

이치를 달관한 것을 읊었다.

— **허목** 조선 후기의 문인. 자는 문보(文甫)·화보(和
甫), 호는 미수(眉叟). 숙종(肅宗) 원년에 벼슬이 우
의정에 이름. 송시열·윤선도·윤휴와 함께 조선의 대
표적 논객 중 한 사람임. 시호는 문정(文正).

그림에 붙여
龍湖吟용호음

김득신(金得臣)

찬 바람이 우는 고목에 연기는 피어나고
구름이 흐르는 산자락에 가을이 아롱지네.
저무는 강바람에
뱃머리를 돌리는 어부여.

古木寒煙裏　고목한연리

秋山白雨邊　추산백우변

暮江風浪起　모강풍랑기

漁子₁急回船　어자급회선

[주석]
1. 어자(漁子) 어부.

[대의]
그림에 나타나 있는 가을 풍경 속의 어부를 묘사하였다.

— **김득신** 조선 중기의 문인·시인. 자는 자공(子公), 호는 백곡(栢谷). 현종(顯宗) 때 급제하여 벼슬이 가선(嘉善)에 이름. 안풍군(安豐君)에 봉함. 진주성 전투를 승리로 이끈 김시민이 할아버지임.

달 아래서

遊山寺유산사

엄의길(嚴義吉)

언덕길을 떠도는 나그네
산모퉁이에서 노승을 만났네.
서로 만나 웃음이 피어나니
달이 동산에 등불처럼 켜 있네.

紫陌三年客1　자맥삼년객
青山一老僧　청산일로승
相逢談笑處　상봉담소처
蘿月2不懸燈　나월불현등

[주석]
1. 삼년객(三年客) 3년간을 돌아다닌 나그네.
2. 나월(蘿月) 댕댕이덩굴에 걸려 있는 달.

[대의]
달 밝은 밤에 노승과 만나서 담소(談笑)하며 즐기는 생활
의 한 모습을 읊었다.

— **엄의길** 조선 현종 때 시인. 자는 여중(藜仲), 호는
춘포(春圃).

밤비

山寺夜吟산사야음

정철(鄭澈)

쓸쓸하게 떨어지는 이파리
그 소리는 빗방울 소리.
스님을 불러 문밖에 나가니
밝은 달이 시냇가 나무에 걸렸네.

蕭蕭落葉聲　소소락엽성
錯認爲疎雨₁　착인위소우
呼僧出門看　호승출문간
月掛溪南樹　월괘계남수

[주석]
1. 소우(疎雨) 빗방울이 이따금 떨어지는 비.

[대의]
잎이 떨어지는 소리가 빗방울 소리로 들려서 스님과 함께
나갔더니, 달이 휘영청 밝아 가을의 시흥이 한결 깊다는
것을 묘사하였다.

— **정철** 조선 중기의 문신·문인. 자는 계함(季涵),
호는 송강(松江). 정유침(鄭惟沈)의 아들. 명종(明宗)
때 급제하여 벼슬이 좌의정에 이름. 인성부원군(寅城
府院君)에 봉함. 시호는 문청(文淸).

꿈길
書懷서회

정철(鄭澈)

남쪽 언덕에 숲이 깊으니
아득한 꿈만이 임을 모시고 있네.
소쩍새 소리에 한이 맺혀
울음소리를 들을 때마다 내 머리털이 더 희어지
네.

掖垣₁南畔樹蒼蒼　액원남반수창창
歸夢迢迢上玉堂₂　귀몽초초상옥당
杜宇一聲山竹裂　두우일성산죽렬
孤臣白髮此時長　고신백발차시장

[주석]
1. 액원(掖垣) 천자의 궁궐 옆에 있는 담.
2. 옥당(玉堂) 아름답고 화려한 전당(殿堂)을 말함. 한림원(翰林院)을 옥당이라고도 함.

[대의]
임금을 그리워하는 일념으로 소쩍새 소리를 들을 때마다 흰 머리털이 더 늘어간다는 충정을 읊었다.

— 정철 조선 중기의 문신·문인. 자는 계함(季涵), 호는 송강(松江). 정유침(鄭惟沈)의 아들. 명종(明宗) 때 급제하여 벼슬이 좌의정에 이름. 인성부원군(寅城府院君)에 봉함. 시호는 문청(文淸).

한산섬

閑山島夜吟한산도야음

이순신(李舜臣)

섬에 가을빛이 저무니
하늘 끝에 기러기 소리.
잠 못 이루는 밤이여
달빛에 화살이 운다, 칼이 번쩍인다.

水國秋光暮　수국추광모
驚寒雁陣1高　경한안진고
憂心輾轉夜2　우심전전야
殘月照弓刀　잔월조궁도

[주석]

1. 안진(雁陣) 기러기 떼.

2. 전전야(輾轉夜) 엎치락뒤치락하는 밤.

[대의]

한산섬에서 나랏일이 걱정되어 잠 못 이루는 심정을 읊었다.

— **이순신** 조선 중기의 무신. 자는 여해(汝諧). 선조(宣祖) 때 임진왜란에서 삼도수군통제사로 왜군을 물리치는 데 큰 공을 세움. 선무공신(宣武功臣) 1등훈으로 덕풍부원군(德豊府院君)에 봉함. 시호는 충무(忠武).

그림

題畵제화

임광택(林光澤)

성성한 백발을 휘날리면서
나무에 기대어 졸음에 취하였네.
꿈도 맑으리
푸른 산, 푸른 물처럼.

白頭蒼面叟₁ 백두창면수

倚樹午眠閒 의수오면한

夢亦非塵界₂ 몽역비진계

青山綠水間 청산녹수간

[주석]
1. 수(叟) 늙은이. 노인.
2. 진계(塵界) 티끌세상. 이 세상.

[대의]
그림에서 백발노인이 나무에 기대어 잠들어 있는 것을 보고, 그 모습을 묘사하였다.

― **임광택** 조선 후기의 시인. 호는 쌍백당(雙柏堂).

산을 찾아

齋居有懷₁재거유회

유성룡(柳成龍)

가랑비에 산마을이 저무니
차가운 물소리에 잎이 진다.
짙은 안개가 끼고 걷히다가
하늘 끝에 기러기 소리 들리다가 끊이다가.
도를 닦음이 깊지 못하니
일에 임할 때마다 후회가 난다.
한갓 큰 뜻을 품고서
책을 끼고 산속을 찾아왔다.

細雨孤村暮　세우고촌모
寒江落木秋　한강락목추
壁重嵐翠積　벽중람취적
天遠雁聲流　천원안성류

學道無全力　학도무전력

臨岐₂有晩愁　임기유만수

都將經濟業　도장경제업

歸臥水雲陬₃　귀와수운추

[주석]
1. 재거유회(齋居有懷) 재실(齋室)에서 거처하면서 뜻이 있음.
2. 임기(臨岐) 갈림길에 임함. 학문의 길이 여러 갈래여서 갈피를 잡지 못함을 말함.
3. 수운추(水雲陬) 물과 구름이 있는 모퉁이(산기슭).

[대의]
산기슭에 있는 재각(齋閣)에 머물면서 계절과 주위 환경을 말하고, 자신의 학문이 깊지 못하여 앞으로 자연에 묻혀 공부하겠다는 심정을 읊었다.

— **유성룡** 조선 중기의 문신·서예가. 자는 이현(而見), 호는 서애(西厓, 西崖). 명종(明宗) 때 급제하여 벼슬이 영의정에 이름. 풍원부원군(豐原府院君)에 봉함. 시호는 문충(文忠).

남강의 밤

南江夜泛₁남강야범

최립(崔岦)

내가 진주에서 와서
오랜만에 배를 타 본다.
마침 새해를 맞아 술을 마시니
젊었을 때 놀던 생각이 떠오른다.
피리 소리는 저 건너 섬에서 들려오고
어촌의 불빛이 멀리 반짝인다.
신선이 어디에 있는가
산에서 내려온 사람이 나에게로 온다.

自余來晉州   자여래진주
移月始登舟   이월시등주
適是新年飮   적시신년음
渾如少日遊₂ 혼여소일유

266

笙₃歌依別渚₄ 생가의 별저

燈燭見高樓 등촉견고루

舍有神仙在 함유신선재

它人₅向我來 타인향아래

[주석]

1. 야범(夜泛) 밤에 배를 띄우고 노는 것.

2. 소일유(少日遊) 젊었을 때처럼 놂.

3. 생(笙) 악기 이름.

4. 별저(別渚) 이별하는 물가(나루터).

5. 타인(它人) 저 사람의 뜻. 모든 것을 초월한 사람.

[대의]

진주(晉州) 남강에서 배를 타고 놀 때의 정경을 읊었다.

— **최립** 조선 중기의 문신·서예가. 자는 입지(立之), 호는 간이(簡易). 선조(宣祖) 때 급제하여 벼슬이 승문제조(承文提調)에 이름. 문장으로 이름이 났으며, 중국과의 외교 문서를 많이 작성하였음.

도중

途中도중

이수광(李睟光)

버들가지는 바람에 춤추고
꾀꼬리 소리 흥을 돋운다.
비가 개니 산이 빛이 나고
봄바람에 언덕의 풀이 돋아난다.
걸음마다 아름다운 정경은 시 가운데 그림이요
시냇물 졸졸거리는 소리는 거문고 타는 가락이라.
갈 길은 끝이 없는데
해는 먼 산마루에 걸려 있네.

岸柳迎人舞　안류영인무

林鶯和客吟₁　임앵화객음

雨晴山活態₂　우청산활태

268

風暖草生心　풍난초생심

景入詩中畫　경입시중화

泉鳴譜外琴3　천명보외금

路長行不盡　노장행부진

西日破遙岑4　서일파요잠

[주석]

1. 화객음(和客吟) 객이 흥얼거리는 소리에 어울림.

2. 산활태(山活態) 산의 모습이 살아 있는 것 같은 기상이 있음.

3. 보외금(譜外琴) 악보 밖의 거문고.

4. 파요잠(破遙岑) 멀리 보이는 산의 높고 낮은 것이 보이지 않음. 어두워짐을 말함.

[대의]

길을 가면서 보이는 풍경을 묘사하였다.

— **이수광** 조선 중기의 문신·학자. 자는 윤경(潤卿), 호는 지봉(芝峯). 선조(宣祖) 때 급제하여 벼슬이 이조판서에 이름. 시호는 문간(文簡).

취적원에서
吹笛院취적원

이수광(李睟光)

정자의 난간에 기대어 피리를 불고
취한 눈길 서산에 지는 해를 본다.
말을 타고 와서 지난 일을 생각하니
안개가 피어나는 저 언덕 위에 10년이 흘렀도다.

曾將一笛院前吹　증장일적원전취
醉依空山落日時　취의공산락일시
匹馬偶來尋往事　필마우래심왕사
淡烟₁芳草十年思₂　담연방초십년사

270

[주석]
1. 담연(淡烟) 엷게 낀 안개.
2. 십년사(十年思) 10년 전에 와서 놀았던 옛 생각.

[대의]
10년 전에 왔던 곳을 다시 찾아, 술에 취하여 피리를 불면서 지난날을 회상해 보는 느낌을 썼다.

— **이수광** 조선 중기의 문신·학자. 자는 윤경(潤卿), 호는 지봉(芝峯). 선조(宣祖) 때 급제하여 벼슬이 이조판서에 이름. 시호는 문간(文簡).

한번 빗어 볼까

詠梳영소

유몽인(柳夢寅)

얼레빗으로 빗고 참빗으로 빗으니
머리카락이 갈라지면서 머릿니가 빠져 나온다.
어떻게 큰 빗 천만 척을 얻어서
한번 빗어 보면 벌레 같은 사람들이 없어질까.

木梳梳了竹梳梳　　목소소료죽소소

亂髮初分蝨₁自除　　난발초분슬자제

安得大梳千萬尺　　안득대소천만척

一掃黔首₂蝨無餘　　일소검수슬무여

[주석]

1. 슬(蝨) 머릿니. 머리에 있는 이. 탐관오리(貪官汚吏)
등을 비유한 말.

2. 검수(黔首) '검은 두건을 쓴 머리'라는 뜻으로 일반
백성을 이르는 말.

[대의]

탐관오리를 이(蝨)로 비유하여 깨끗이 없앴으면 시원할
것이라는 심정을 읊었다.

— **유몽인** 조선 중기의 문신. 자는 응문(應文), 호는
어우당(於于堂)·간재(艮齋). 선조(宣祖) 때 급제하
여 벼슬이 이조참판에 이름.

생각하면 웃을 수밖에

此翁차운

이산해(李山海)

꽃이 필 때 날마다 스님과 만나더니
꽃이 지니 문을 닫고 나가지 않네.
생각하면 웃을 수밖에
시름을 꽃가지에 달래 온 것을.

花開日與野僧期   화개일여야승기
花落經旬₁掩竹扉   화락경순엄죽비
共說此翁眞可笑₂   공설차옹진가소
一年憂樂在花枝   일년우락재화지

[주석]

1. 경순(經旬) 10여 일이 지나감.

2. 진가소(眞可笑) 참으로 가히 우습다.

[대의]

꽃이 피고 지는 것에, 인생의 즐거움과 슬픔이 깃든다는
것을 읊었다.

— **이산해** 조선 전기의 문인. 자는 여수(汝受), 호는
아계(鵝溪). 명종(明宗) 때 급제하여 벼슬이 영의정
에 이름. 아성부원군(鵝城府院君)에 봉함. 시호는 문
충(文忠).

해산사

海山寺해산사

윤두수(尹斗壽)

삼일호에 배를 띄우니
구름이 떠가는 수평선이 아름답다.
옛날 놀이터를 바라보니
36봉이 가을빛으로 물들었다.

三日湖₁中泛小舟 삼일호중범소주
一區形勝水雲幽 일구형승수운유
畫來曾憶舊遊處 주래증억구유처
三十六峰₂無盡秋 삼십륙봉무진추

[주석]
1. 삼일호(三日湖) 호수 이름.
2. 삼십륙봉(三十六峰) 산봉우리가 36개나 있어서 한 말.

[대의]
해산사에 배를 띄우고, 36봉의 가을의 뛰어난 경치를 바라보면서 옛날이 생각나서 썼다.

— **윤두수** 조선 중기의 문신. 자는 자앙(子仰), 호는 오음(梧陰). 명종(明宗) 때 급제하여 벼슬이 영의정에 이름. 해원부원군(海原府院君)에 봉함. 시호는 문정(文靖).

노랫소리를 듣고
箕城聞白評事別曲 기성문백평사별곡

최경창(崔慶昌)

꽃은 옛 빛을 띠고
아리따운 풀은 해마다 푸르다.
임이 떠난 뒤에 소식이 없으니
노랫소리 들을 때마다 눈물이 난다.

錦繡煙花依舊色　금수연화의구색
綾羅1芳草至今春　능라방초지금춘
仙郎去後無消息　선랑거후무소식
一曲關西淚滿巾　일곡관서루만건

[주석]
1. 능라(綾羅) 아름다운 비단.

[대의]
노랫소리를 듣고, 벗이 그리워져서 읊었다.

― **최경창** 조선 전기의 시인. 자는 가운(嘉運), 호는
고죽(孤竹). 선조(宣祖) 때 급제하여 벼슬이 부사(府
使)에 이름. 백광훈(白光勳) · 이달(李達)과 함께 삼
당(三唐)시인으로 불림.

대동강

大同江대동강

윤근수(尹根壽)

부벽루 앞에 푸른 물이 흐르고
대동문 밖에 작은 배가 매여 있다.
긴 언덕에는 푸른 풀이 해마다 푸르니
홀로 봄바람 쏘이면서 옛 추억을 더듬는다.

浮碧樓前碧水長　부벽루전벽수장
大同門外繫蘭舟₁　대동문외계란주
長堤綠草年年色　장제록초년년색
獨依春風憶舊遊　독의춘풍억구유

1. 난주(蘭舟) 호화롭게 꾸민 배.

[대의]
대동강에 배를 띄우고 놀면서 옛 추억에 잠겨서 읊었다.

— **윤근수** 조선 중기의 문신. 자는 자고(子固), 호는
월정(月汀). 윤두수(尹斗壽)의 동생. 명종(明宗) 때
급제하여 벼슬이 좌찬성에 이름. 시호는 문정(文貞).

배꽃
閨怨규원

아가씨 냇물을 건너서
말없이 임을 보내네.
돌아와 안방 문에 기대고서
눈물을 닦으니 달이 배나무에 걸려 있네.

十五₁越溪水　십오월계수
羞人無語別　수인무어별
歸來掩重門　귀래엄중문
泣向梨花月　읍향리화월

[주석]
1. 십오(十五) 열다섯 살.

[대의]
소녀의 티없는 연정(戀情)을 묘사하였다.

— **임제** 조선 중기의 문신·시인. 자는 자순(子順),
호는 백호(白湖). 명종(明宗) 때 급제하여 벼슬이 예
조정랑에 이름.

답청 놀이
浿江,歌패강가

임제(林悌)

대동강의 아가씨들이 봄볕에 서성이다가
강에 드리운 버들을 보고 마음이 끊어지네.
끝없는 저 가는 버들가지로 베를 짤 수 있다면
임을 위하여 춤추는 옷을 만들겠네.

浿江兒女踏春陽₂   패강아녀답춘양
江上垂楊正斷腸₃   강상수양정단장
無限烟絲₄若可織   무한연사약가직
爲君裁作舞衣裳   위군재작무의상

[주석]
1. 패강(浿江) 대동강의 옛 이름.
2. 춘양(春陽) 봄볕.
3. 단장(斷腸) 몹시 슬퍼서 창자가 끊어지는 듯함.
4. 연사(烟絲) 가늘고 긴 버들가지.

[대의]
대동강 가에 사는 여인들이 봄날 답청(踏靑) 놀이를 하면
서 임을 그리워하는 모습을 읊었다.

— **임제** 조선 중기의 문신·시인. 자는 자순(子順),
호는 백호(白湖). 명종(明宗) 때 급제하여 벼슬이 예
조정랑에 이름.

285

성심천

聖心泉성심천

최숙생(崔淑生)

이 마음이 언제나 밝아질까
저 샘물은 티 하나 없이 구슬처럼 맑구나.
돌에 앉으니 바람이 옷깃에 움직이고
여울 따라 달빛이 흐르고 있다.

> 何以醒我心   하이성아심
> 澄泉皎如玉   징천교여옥
> 坐石風動裾   좌석풍동구
> 挹流月盈掬₁   읍유월영국

[주석]
1. 월영국(月盈掬) 만월을 어루만지는 것.

[대의]
성심천의 맑은 물을 보고 읊었다.

— **최숙생** 조선 중기의 문신. 자는 자진(子眞), 호는
충재(忠齋). 중종(中宗) 때 벼슬이 좌찬성(左贊成)에
이름. 시호는 문정(文貞).

꽃가지를 꺾어 들고

山中秋雨산중추우

유희경(劉希慶)

이슬이 내린 가을
산에는 계수나무 꽃이 피었네.
한 가지를 꺾어 들고
돌아오니 달빛이 따라오네.

白露下秋空　백로하추공
山中桂花發　산중계화발
折得最高枝　절득최고지
歸來伴明月　귀래반명월

[대의]
가을날 계수나무 꽃가지를 꺾어 들고 밝은 달빛을 짝하여
돌아오는 멋을 읊었다.

— **유희경** 조선 중기의 문신·시인. 자는 응길(應吉),
호는 촌은(村隱). 효도로 어머니를 섬기다 임진왜란
때 선조(宣祖)가 의주(義州)로 파천하자 의사(義士)
를 모아 근왕병(勤王兵)을 일으킴.

강정에서

江亭次成雙泉韻강정차성쌍천운

유희경(劉希慶)

문 앞 버들은 새순이 돋아나고
난간 머리에 불어오는 바람은 서늘하다.
하늘은 아득하고 땅은 끝이 없는데
해와 달은 동쪽에서 돋아서 서쪽으로 빠진다.
만상은 내 시상 속에서 삼삼한데
산봉우리는 눈앞에 점점이 솟아 있다.
어부와 나무꾼도 행복하게 사는 것을
부끄럽다, 이 늙은이의 생활이.

嫩綠₁門前柳　눈록문전류

微凉檻外風　미량함외풍

乾坤分上下　건곤분상하

日月見西東　일월견서동

萬象孤吟2裏   만상고음리

千山一望中   천산일망중

漁樵3生計足   어초생계족

愧我枕流翁4   괴아침류옹

[주석]
1. 눈록(嫩綠) 연한 녹색, 신록.
2. 고음(孤吟) 쓸쓸하게 읊음.
3. 어초(漁樵) 물고기를 잡는 일과, 땔나무를 하는 일.
4. 유옹(流翁) 늙어서 정신이 흐릿한 것.

[대의]
강가 정자에서 느끼는 전망을 읊고, 자신의 늙음을 한탄한
나머지 차라리 어부나 나무꾼의 생활이 부럽다는 것을 썼
다.

— 유희경 조선 중기의 문신·시인. 자는 응길(應吉),
호는 촌은(村隱). 효도로 어머니를 섬기다 임진왜란
때 선조(宣祖)가 의주(義州)로 파천하자 의사(義士)
를 모아 근왕병(勤王兵)을 일으킴.

291

언덕길

月溪월계

유희경(劉希慶)

산은 흐려 있고 물 위에 연기가 피어나니
푸른 풀 나풀거리는 호숫가에 백로의 꿈이 한가
하다.
해당화 꽃 그늘 아래 길을 돌아서 나가니
가지에 가득히 쌓인 꽃잎이 땅에 진다.

山含雨氣水生煙　산함우기수생연
青草湖邊白鷺眠　청초호변백로면
路入海棠花下轉　노입해당화하전
滿枝香雪落揮鞭₁　만지향설락휘편

292

[주석]
1. 휘편(揮鞭) 휘어진 나뭇가지.

[대의]
푸른 풀이 돋아나고 해당화가 피어 있는 길을 걸으면서 시
적인 정취에 젖은 정감을 읊었다.

— **유희경** 조선 중기의 문신·시인. 자는 응길(應吉),
호는 촌은(村隱). 효도로 어머니를 섬기다 임진왜란
때 선조(宣祖)가 의주(義州)로 파천하자 의사(義士)
를 모아 근왕병(勤王兵)을 일으킴.

등불 아래서

旅燈[1]여등

신흠(申欽)

여관 방 등불은 깜박거리고
옛 성에 가랑비는 부슬거리는데.
생각나는 것은 그대뿐
끝없이 흐르는 저 강물이여.

旅館殘燈夜　여관잔등야
孤城細雨秋　고성세우추
思君意不盡　사군의부진
千里大江流　천리대강류

[주석]
1. 여등(旅燈) 여관에 켜져 있는 등.

[대의]
여관의 등불 아래서 벗을 그리워하는 심정을 읊었다.

— **신흠** 조선 중기의 문신. 자는 경숙(敬叔), 호는 상
촌(象村). 선조(宣祖) 때 급제하여 벼슬이 영의정에
이름. 인조묘정(仁祖廟庭)에 배향되었고 시호는 문정
(文貞).

벗을 찾아서
醉題金自珍家취제김자진가

이명한(李明漢)

비바람 맞으며 그대의 집에 왔네
어느결에 비 갠 하늘에 해가 기우네.
올해 따라 가을이 빨라서
8월에 국화꽃이 피었네.

風雨到君家　풍우도군가
雨晴山日斜　우청산일사
今年秋色早　금년추색조
八月已黃花₁　팔월이황화

[주석]
1. 황화(黃花) 국화꽃.

[대의]
벗을 찾아갔는데 마침 비가 개고 국화꽃이 피어서 기분이
좋았다는 것을 읊었다.

— **이명한** 조선 중기의 문신·시인. 자는 천장(天章),
호는 백주(白洲). 이정구(李廷龜)의 아들. 광해군(光
海君) 때 급제하여 벼슬이 이조판서에 이름. 시호는
문정(文靖).

백마강

白馬江백마강

이명한(李明漢)

어느 곳이 백화정이며 어느 곳이 사자루인가
첩첩한 산은 저물어 가고 백마강은 흘러간다.
조룡대와 3천 궁녀의 일을 물어 무엇하리오
인생은 근심 속에서 사는 것을.

何處高臺何處樓　하처고대하처루
暮山千疊水西流　모산천첩수서류
龍亡花落₁他時事　용망화락타시사
漫有浮生不盡愁　만유부생부진수

[주석]
1. 용망화락(龍亡花落) 조룡대(釣龍臺)의 용이 없어지고 꽃[3천 궁녀]이 떨어짐.

[대의]
백마강을 굽어보면서 회고의 정에 젖어든 심정을 읊었다.

— **이명한** 조선 중기의 문신·시인. 자는 천장(天章), 호는 백주(白洲). 이정구(李廷龜)의 아들. 광해군(光海君) 때 급제하여 벼슬이 이조판서에 이름. 시호는 문정(文靖).

베틀에서

有感유감

홍서봉(洪瑞鳳)

가난한 아가씨 눈물을 흘리며 베를 짜다가
찬바람 몰아치는 깊은 밤을 새네.
아침에 세금으로 짠 베를 찢어 주니
한 사람이 가고 또 한 사람이 오네.

寒女鳴機瀉淚頻　　한녀명기사루빈

撲天風雪夜來新　　박천풍설야래신

明朝截與催租吏₁　명조절여최조리

一吏纔歸一吏嗔　　일리재귀일리진

[주석]
1. 최조리(催租吏) 세금을 내라고 독촉하는 관리.

[대의]
세금에 시달려 살기 어려운 가난한 농가의 정경을 읊었다.

— **홍서봉** 조선 후기의 문신. 자는 휘세(輝世), 호는
학곡(鶴谷). 선조(宣祖) 때 급제하여 벼슬이 영의정
에 이름. 정사공신(靖社功臣)으로 당성부원군(唐城府
院君)에 봉함. 시호는 문정(文靖).

산길
山行산행

강백년(姜栢年)

10리를 가도 사람의 자취 없고
텅 빈 산에서 새소리만 들리네.
스님을 만나 길을 묻고도
갈 길을 잃었네.

十里無人響　십리무인향
山空春鳥啼₁　산공춘조제
逢僧問前路　봉승문전로
僧去路還迷₂　승거로환미

[주석]

1. 조제(鳥啼) 새가 울다. 새소리.
2. 미(迷) 헤매다. 길을 잃다.

[대의]

인적(人跡) 없는 산길을 새소리를 듣고, 스님을 만나 길을
물어서 가는 나그네의 심정을 읊었다.

— **강백년** 조선 중기의 문신. 자는 숙구(叔久), 호는
설봉(雪峯). 인조(仁祖) 때 급제하여 벼슬이 예조판
서에 이름.

제야에

除夜1제야

강백년(姜栢年)

술은 떨어지고 등불 깜박이는데 잠을 이룰 수 없
으니
새벽종이 울린 뒤에도 엎치락뒤치락하고 있네.
내년에도 오늘 밤의 시름이 없지 않겠으나
인정 탓일까 옛일이 되새겨지기만 하네.

酒盡燈殘也不眠　주진등잔야불면
曉鐘鳴後轉依然2　효종명후전의연
非關來歲無今夜　비관래세무금야
自是人情惜去年　자시인정석거년

[주석]
1. 제야(除夜) 섣달 그믐날 밤.
2. 전의연(轉依然) 엎치락뒤치락 잠을 못 이루는 것이
여전함, 마찬가지임.

[대의]
섣달 그믐날 밤에 지난 일이 생각나서 잠을 이루지 못하였
다는 것을 읊었다.

— **강백년** 조선 중기의 문신. 자는 숙구(叔久), 호는
설봉(雪峯). 인조(仁祖) 때 급제하여 벼슬이 예조판
서에 이름.

송도

松都懷古송도회고

권갑(權韐)

눈 속에 비치는 저 달은 옛날에도 비쳤으리
찬바람 속에 울리는 저 종은 옛날에도 울렸으리.
남쪽 난간에 서니
옛 성터에는 저녁연기가 감돌고 있네.

> 雪月前朝₁色　설월전조색
> 寒鐘故國₂聲　한종고국성
> 南樓愁獨立　남루수독립
> 殘郭₃暮煙生　잔곽모연생

1. 전조(前朝) 전 시대, 전 조정.
2. 고국(故國) 옛 나라인 고려.
3. 잔곽(殘郭) 흔적이 남아 있는 성.

[대의]
고려의 도읍지 송도(개성)에서 회고의 정이 솟아나 읊었
다.

— **권갑** 조선 중기의 문신. 자는 여명(汝明), 호는 초
루(草樓). 시문(詩文)으로 명성이 높았던 권벽(權擘)
의 아들.

외딴집에서

途中도중

권필(權韠)

해가 저문 외딴집
항시 열려 있는 사립문.
닭이 울어 새벽길을 떠나니
단풍잎이 머리 위에 날리네.

> 日入投孤店₁　일 입 투 고 점
> 山深不掩扉　산 심 불 엄 비
> 鷄鳴問前路　계 명 문 전 로
> 黃葉₂向人飛　황 엽 향 인 비

[주석]

1. 고점(孤店) 홀로 외롭게 있는 집. 여관. 객줏집.

2. 황엽(黃葉) 단풍.

[대의]

외롭게 홀로 머물고 있는 산중의 나그넷길의 풍경을 읊었다.

— **권필** 조선 중기의 시인·성리학자·작가. 자는 여장(汝章), 호는 석주(石洲). 권벽(權擘)의 아들. 광해군(光海君) 때 시안(詩案)으로 원통하게 죽었으나, 인조(仁祖) 때 신원(伸冤)됨.

송강 묘를 지나며

過松江墓有感과송강묘유감

권필(權韠)

잎이 진 텅 빈 산에 비가 쓸쓸히 내리는데
임은 가고 무덤도 말이 없구나.
아, 이 한 잔의 술을 권할 사람 없으니
옛날 임이 지은 가곡이나 불러 보자.

空山木落雨蕭蕭₁ 공산목락우소소
相國₂風流此寂寥 상국풍류차적요
惆悵一杯難更進 추창일배난갱진
昔年歌曲₃卽今朝 석년가곡즉금조

[주석]

1. 소소(蕭蕭) 쓸쓸한 모양.

2. 상국(相國) 재상, 정승. 송강(松江) 정철(鄭澈)의 벼슬이 좌의정에 올랐던 일을 두고 말함.

3. 가곡(歌曲) 송강이 지은 가곡을 말함.

[대의]

송강 정철의 무덤을 지나면서 송강의 풍류의 멋을 흠모하여 읊었다.

— 권필 조선 중기의 시인·성리학자·작가. 자는 여장(汝章), 호는 석주(石洲). 권벽(權擘)의 아들. 광해군(光海君) 때 시안(詩案)으로 원통하게 죽었으나, 인조(仁祖) 때 신원(伸冤)됨.

밤에 앉아서

夜坐書懷야좌서회

권필(權韠)

세상일은 이런 것
흐르는 세월은 어떻게 할 수 없어.
가을이 깊으니 국화꽃도 져가고
밤이 깊도록 귀뚜라미 소리는 창자를 끊는다.
차가운 달그림자는 창가에 기울고
쓸쓸한 바람에 나뭇가지가 움직인다.
10년 공부
부질없이 등잔불 곁에서 나방을 쫓는다.

世事有如此　세사유여차

流光1無奈何　유광무내하

菊花秋後少　국화추후소

蟲語夜深多　충어야심다

悄悄₂月侵牖　초초월침유

蕭蕭風振柯　소소풍진가

關心十年事　관심십년사

坐敷撲燈蛾₃　좌부박등아

[주석]

1. 유광(流光) 흐르는 세월.

2. 초초(悄悄) 근심스러운 모습.

3. 등아(燈蛾) 등불에 모여드는 나방과 모기 등.

[대의]

가을밤에 앉아서 밝은 달빛과 쓸쓸하게 우는 벌레 소리며, 국화꽃과 바람결에 이끌리는 마음이 세월의 무상함에 젖어든 것을 읊었다.

― **권필** 조선 중기의 시인·성리학자·작가. 자는 여장(汝章), 호는 석주(石洲). 권벽(權擘)의 아들. 광해군(光海君) 때 시안(詩案)으로 원통하게 죽었으나, 인조(仁祖) 때 신원(伸冤)됨.

시를 읽고서

次玄悟軸中韻₁차현오축중운

이지천(李志賤)

세상에 누가 옳고
인간에 무엇이 그른가.
먼저 술을 취하도록 마시고
뒤에 시흥을 일으킨다.
녹수는 천 년을 변함없이 흘러가고
청산은 만 년을 그대로 서 있다.
발을 걷어 올리니
구름 사이에 조각달이 떠 있다.

物外知誰是₂ 물외지수시

人間問孰非₃ 인간문숙비

姑先催進酒 고선최진주

然後合言詩 연후합언시

314

綠水應無恙4　녹수응무양

青山定不違　청산정불위

疎簾宜早捲　소렴의조권

雲細月如眉5　운세월여미

[주석]

1. 축중운(軸中韻) 두루마리에 쓴 시. 두루마리 가운데의 한시의 운자(韻字)를 따라서.

2. 수시(誰是) 누가 옳은가.

3. 숙비(孰非) 무엇이 그른가.

4. 무양(無恙) 언제나 변함이 없음. 병이 없음.

5. 여미(如眉) 조각달을 말함.

[대의]

자연의 변함없음을 보고, 인간이 사소한 것을 가지고 다투는 것이 서글퍼져서 술을 마시고, 시를 이야기하며, 모든 것을 잊고 자연에 동화되고 싶다는 것을 읊었다.

— **이지천** 조선 중기의 문신. 자는 탄금(彈琴). 호는 사포(沙浦). 광해군 때 급제하여 벼슬이 우윤(右尹)에 이름.

시를 읽고서

次玄悟詩卷韻차현오시권운

김상헌(金尙憲)

늙도록 벼슬길에서 임의 사랑을 받으니
고향에 돌아가 밭 갈자는 생각이 어긋났네.
어지러운 세상을 바로잡을 꾀도 없고
흥에 겨워도 시상이 떠오르지 않네.
아름다운 계절도 어느결에 지나고
산수를 즐기는 기쁨도 갖지 못하였네.
봄빛 속에 늘어진 버들가지를
바라보니 시름이 가셔지네.

到老君恩重　도로군은중

歸田宿計₁非　귀전숙계비

匡時那有策　광시나유책

遣興亦無詩　견흥역무시

316

佳節騰騰2過　　가절등등과

清遊歷歷3違　　청유력력위

春來楊柳樹　　춘래양류수

羨爾4自舒眉　　선이자서미

[주석]
1. 숙계(宿計) 오래전부터의 계획.
2. 등등(騰騰) 그럭저럭 빨리.
3. 역력(歷歷) 뚜렷한 것, 명확한 것.
4. 선이(羨爾) 부러운 모습.

[대의]
임금의 은총을 받아 벼슬에 있는 관계로 한가한 시간을 가지지 못하여 놀지 못했다는 심정을 읊었다.

— **김상헌** 조선 중기의 문신. 자는 숙도(叔度), 호는 청음(淸陰). 김상용(金尙容)의 동생. 선조(宣祖) 때 급제하여 독서당에 뽑힘. 대제학을 지내고 벼슬이 좌의정에 이름. 시호는 문정(文正).

이별

留別유별

정지승(鄭之升)

풀이 파랗게 돋아나고 꽃이 핀 호숫가 정자에
버들가지가 그림처럼 드리워져 집들이 보이지 않
네.
이별의 노래를 불러 줄 사람 없고
다만 푸른 산이 나를 보내주고 있네.

細草閑花水上亭　세초한화수상정

綠楊如畵掩春城　녹양여화엄춘성

無人解唱陽關曲₁　무인해창양관곡

只有靑山送我行　지유청산송아행

[주석]

1. 양관곡(陽關曲) 곡명(曲名). 중국 당나라 왕유(王維)의 시 '위성조우읍경진(渭城朝雨浥輕塵) 객사청청류색신(客舍青青柳色新) 권군갱진일배주(勸君更進一杯酒) 서출양관무고인(西出陽關無故人)'을 양관지곡이라고도 함.

[대의]

버들가지 늘어진 봄날에 전송하는 사람 없고, 다만 푸른 산만이 나를 전송해주고 있다는 것을 읊었다.

— **정지승** 조선 선조 때 문신·시인. 자는 자신(子愼), 호는 총계당(叢桂堂). 정렴(鄭磏)의 조카.

봄날에

傷春상춘

정지승(鄭之升)

한 풀잎에도 왕손의 한이 어리고
한 떨기 꽃송이에도 두견새의 눈물이 스며 있다.
나룻가 언덕에 오가는 사람 없고
바람만이 뱃전에 부숴진다.

草入王孫恨₁   초입왕손한

花添杜宇₂愁   화첨두우수

汀洲人不見   정주인불견

風動木蘭舟₃   풍동목란주

[주석]

1. 왕손한(王孫恨) 한 번 떠나고 오지 않는 왕손들.

2. 두우(杜宇) 두견새.

3. 목란주(木蘭舟) 나무로 만든 호화로운 배.

[대의]

봄날이 돌아와 꽃 가운데 우는 두견새와, 풀에 맺힌 왕손의 한으로 서글퍼지는 것을 읊었다.

— **정지승** 조선 선조 때 문신·시인. 자는 자신(子愼), 호는 총계당(叢桂堂). 정렴(鄭碏)의 조카.

관서 땅에서
次鄭可遠韻차정가원운

조수성(曺守誠)

떠돌아다닌 지 몇 해이던고
다시 그대를 만나니 관서 땅이로구나.
마음에 쌓인 말을 하룻밤에 다 할 수는 없어
술잔을 기울이며 날을 새 볼까.

漂泊1天涯今幾載   표박천애금기재

再逢靑眼2是關西3   재봉청안시관서

一宵難盡平生語   일소난진평생어

把酒如何更聽鷄   파주여하갱청계

[주석]

1. 표박(漂泊) 떠돌아다니면서 아무 데나 머무는 것.

2. 청안(靑眼) 좋은 마음으로 남을 보는 눈. 진(晉)나라 죽림칠현의 한 사람인 완적(阮籍)이 반가운 사람에게는 청안으로 대하고, 반갑지 않은 사람에게는 백안(白眼)으로 대하였다는 고사가 있음.

3. 관서(關西) 평안도와 황해도 북부 지역을 이르는 말.

[대의]

떠돌아다니다가 다정한 글 친구를 만나서 밤이 새도록 술을 마시며 서정을 읊었다.

— **조수성** 조선 후기의 문신. 병자호란 때의 의병장 (義兵將). 자는 일지(一之). 벼슬이 내사별좌(內司別座)에 이름.

그믐밤에

除夜[1]제야

윤집(尹集)

깜박이는 등잔불에 잠은 안 오고
깊은 밤 텅 빈 집에 마음이 슬퍼진다.
늙으신 어머니는 지금 안녕하신지
하얀 머리가 내일 아침에는 학처럼 더 희시겠지.

半壁殘燈照不眠　반벽잔등조불면
夜深虛館思悽然　야심허관사처연
萱堂[2]定省[3]今安否　훤당정성금안부
鶴髮明朝又一年　학발명조우일년

324

[주석]

1. 제야(除夜) 음력 12월 30일 밤, 곧 섣달 그믐날 밤을 말함.

2. 훤당(萱堂) 자기 어머니를 말함.

3. 정성(定省) 밤에는 부모의 잠자리를 보아 드리고, 아침에는 안부를 묻는다는 뜻. 부모를 잘 섬기고 효성을 다함을 이르는 말.

[대의]

섣달 그믐날 밤에 객지에서 잠 못 이루고, 늙으신 어머니에게 효도하지 못한 것이 부끄럽다는 것을 읊었다.

— 윤집 조선 후기의 문신. 자는 성백(成伯), 호는 임계(林溪). 인조(仁祖) 때 급제하여 벼슬이 이조정랑(吏曹正郎)에 이름. 오달제(吳達濟)·홍익한(洪翼漢)과 함께 삼학사(三學士)의 한 사람. 시호는 충정(忠貞).

무릉이 어디뇨

戲吟희음

허격(許格)

한 줄기 강물이 나무 숲을 돌며 흘러가니
첩첩한 산이 깎아 세운 듯이 험하다.
강가에는 복사꽃을 심지 말 것을
어부들이 무릉 땅에 들어갈까 두려우니라.

長江一帶繞樹澄　장강일대요수징
四面群山削玉層　사면군산삭옥층
臨江不種桃花樹　임강부종도화수
恐引漁郞入武陵₁　공인어랑입무릉

[주석]
1. 무릉(武陵) 복사꽃이 피어 있는 신선이 산다는 절경.
선경(仙境).

[대의]
강이 흐르고 주위 경치가 절경이라 돌아가고 싶지 않음을
묘사하였다.

— **허격** 조선 후기의 문인. 자는 춘장(春長), 호는 창
해(滄海). 시(詩)로 명성이 높았던 어은(漁隱) 허회
(許淮)의 아들.

복숭아꽃

詠花영화

이행원(李行遠)

묻노니 복숭아꽃이여
어찌 가랑비 속에서 흐느끼느냐.
주인이 병으로 누운 지 오래라
봄바람에도 웃을 뜻이 없네.

爲問桃花泣₁ 위문도화읍
如何細雨中 여하세우중
主人多病久 주인다병구
無意笑春風 무의소춘풍

[주석]
1. 도화읍(桃花泣) 복숭아꽃이 비에 젖어 방울져서 떨어짐을 말함.

[대의]
복숭아꽃이 비 가운데 봄바람을 맞아 피고 지는 것을 읊었다.

— **이행원** 조선 중기의 문신. 자는 사치(士致), 호는 서화(西華). 벼슬이 우의정에 이름. 병자호란 때 척화(斥和)를 주장함. 시호는 효정(孝貞).

금강산

金剛山금강산

송시열(宋時烈)

산에는 하얀 구름뿐

구름이 산에 흐르고 산은 구름 위에 솟아 있네.

이윽고 구름 걷힌

금강산은 1만 2천 봉.

    山與雲俱白　산여운구백

    雲山₁不辨容　운산불변용

    雲歸山獨立　운귀산독립

    一萬二千峰　일만이천봉

[주석]
1. 운산(雲山) 산이 구름에 덮여 있음을 말함.

[대의]
금강산이 구름에 덮여서 산인지 구름인지 분간하지 못하다가 구름이 걷히니 1만 2천 봉이라는 것을 읊었다.

— **송시열** 조선 후기의 문신·학자. 자는 영보(英甫), 호는 우암(尤庵). 인조 때 급제하여 벼슬이 좌의정에 이름. 노론(老論)의 영수(領袖). 주자학의 대가. 시호는 문정(文正).

아내에게

潘陽寄內南氏₁ 심양기내남씨

오달제(吳達濟)

금실은 구구 비둘기
임을 맞은 지 2년도 채 못 되었는데.
이제 만리 이국 땅에서 만나지 못하고 있으니
백년을 같이 살자던 약속을 저버렸네.
머나먼 길이라 편지도 부칠 수 없고
산이 높으니 꿈길도 아득하네.
나의 목숨은 알 수가 없는 일
임이여 배 속에 든 아이를 잘 길러 주오.

琴瑟₂恩情重 금슬은정중
相逢未二期₃ 상봉미이기
今成萬里別 금성만리별
虛負百年朞₄ 허부백년기

332

地潤書難寄　지활서난기

山長夢亦遲　산장몽역지

吾生未可卜　오생미가복

須護腹中兒5　수호복중아

[주석]

1. 내남씨(內南氏) 부인 남씨.

2. 금슬(琴瑟) 부부 사이가 좋은 것.

3. 이기(二期) 2년.

4. 기(朞) 1년을 말함.

5. 복중아(腹中兒) 배 속에 있는 아이. 임신한 것을 말함.

[대의]

오달제는 병자호란(丙子胡亂) 때, 청나라에 포로가 되어 심양(瀋陽, 북경)에 있었다. 결혼한 지 2년이 채 안 된 부인을 이별하고 왔으므로 자기의 생사는 모르니 배 속에 있는 아이를 잘 키워 달라는 애절한 느낌을 읊었다.

━ 오달제 조선 중기의 문신·화가. 자는 계휘(季輝), 호는 추담(秋潭). 인조 때 급제하여 벼슬이 수찬에 이름. 윤집·홍익한과 함께 '삼학사'라 불림. 시호는 충렬(忠烈).

송담에서
松潭偶吟송담우음

송남수(宋枏壽)

산 고개에는 아직도 찬바람
강 마을에 눈이 하얗게 남아 있다.
산새는 숲을 찾아 돌아가고
다리목에는 사람의 발길도 끊어졌네.
늙은 사람들은 오직 나라 걱정뿐인데
오랑캐 무리가 오랫동안 요동 땅에 버티고 있네.
젊은 사나이가 모두 싸움터에 나가니
마을은 날이 갈수록 쓸쓸하네.

石嶺春猶早　석령춘유조

沙村雲未消　사촌운미소

鳥投溪外樹　조투계외수

人斷流邊橋　인단류변교

野老偏愛國　야로편애국

山戎₁久據遼₂　산융구거료

西征健兒盡₃　서정건아진

閭巷日蕭條₄　여항일소조

[주석]

1. 산융(山戎) 오랑캐를 말함.

2. 거료(據遼) 요동 땅에 웅거하고 있음.

3. 건아진(健兒盡) 건장한 사나이가 군문에 나가서 없음.

4. 소조(蕭條) 쓸쓸한 것.

[대의]

송담에서 계절적인 특색을 말하고, 시국이 어지러워 젊은 사나이들이 싸움터에 나가 마을이 쓸쓸함을 읊었다.

— **송남수** 조선 중기의 문신. 자는 영로(靈老), 호는 송담(松潭). 벼슬이 음보(蔭補)로 군수(郡守)에 이름.

청심루에서

野城淸心樓次韻야성청심루차운

이식(李植)

봄이 지나니 슬프도다
어느 나무에 아직도 꽃이 남아 있는가.
산은 옛 성의 언덕 따라 점점 높아가고
강물은 길 언덕 따라 맑게 흐른다.
세상에 사는 것이 우리 모두 나그네
고향을 그리워하는 것은 사람의 인정이라.
강물에 우뚝 서 있는 이 정자에서
바라보는 이 경치를 누구와 함께 볼까.

天末傷春日　천말상춘일
殘花幾樹明　잔화기수명
山從古城峻　산종고성준
江與長官淸　강여장관청

寓世₁皆爲客　우세개위객

歸鄕各自情　귀향각자정

驪江₂樓亦好　여강루역호

形勝₃共誰許　형승공수허

[주석]
1. 우세(寓世) 세상에 사는 것.
2. 여강(驪江) 강 이름.
3. 형승(形勝) 경치.

[대의]
청심루에서 바라보는 경치와, 오랫동안 나그네 신세로 떠
돌아다니면서 자연 속에서 사는 모습을 읊었다.

— **이식** 조선 중기의 문신. 자는 여고(汝固), 호는 택
당(澤堂). 이행(李荇)의 현손(玄孫). 광해군 때 급제
하여 벼슬이 이조판서에 이름. 시호는 문정(文靖).

수양산

首陽山₁수양산

이담령(李聃齡)

말고삐를 잡은 그 사람은 사라졌어도
수양산 이름은 남아 있네.
그때 다 캐지 못하였던가
고사리는 지금도 자라고 있네.

叩馬人何在   고마인하재
靑山舊餘名   청산구여명
當年不盡採   당년부진채
薇蕨至今生   미궐지금생

338

[주석]

1. 수양산(首陽山) 고죽국(孤竹國)의 왕자인 백이(伯夷) 숙제(叔齊) 형제가 무왕(武王)의 주나라 곡식을 먹기를 거부하였다. 그래서 몸을 숨기고 수양산에 들어가 고사리를 캐어 먹고 지내다가 굶어 죽었다.

[대의]

백이 숙제는 죽었으나 수양산의 이름은 영원히 남아 있다는 것을 읊었다.

— **이담령** 조선 중기의 왕족. 자는 계로(季老), 호는 충간재(忠簡齋). 시호는 충간(忠簡).

기러기 소리를 듣고
聞雁문안

홍세태(洪世泰)

봄날 강남에서 온 기러기
떼를 지어 북으로 날아가네.
올 때 내 동생을 보았으련만
어찌 함께 오지 아니하였는가.

春日江南雁　춘일강남안
連行亦北飛　연행역북비
來時見吾弟　내시견오제
何事不同歸　하사부동귀

[대의]
기러기 소리를 듣고, 집안 소식이 궁금하여 읊었다.

— **홍세태** 조선 후기의 시인. 자는 도장(道長), 호는
유하(柳下). 벼슬이 찰방(察訪)에 이름.

만월대

滿月臺₁만월대

홍세태(洪世泰)

옛 산은 푸르기만 하고
헐은 정자에 저녁 해가 비껴 있다.
고려 당시에는 한나라 땅덩어리
옛 성터에 띄어띄엄 집이 서 있네.
숲속에서 피리 소리 들려오고
돌 틈에 들꽃이 한가롭게 피어 있네.
천년 묵은 버드나무에서
밤마다 가슴을 메이게 우는 까마귀 소리여.

故國靑山在　고국청산재
荒臺落日斜　황대락일사
當時一統地₂　당시일통지
殘郭幾人家　잔곽기인가

玉樹飜樵唱　옥수번초창

銅駝3隱野花　동타은야화

千年有衰柳　천년유쇠류

夜夜怨啼鴉　야야원제아

[주석]
1. 만월대(滿月臺) 고려의 수도인 개경(지금의 개성)에
있었던 고려 왕조 터를 부르는 말.
2. 일통지(一統地) 하나의 정치 체제 아래 다스리는 땅.
3. 동타(銅駝) 구리로 만든 말.

[대의]
개성의 만월대에서 회고의 정을 읊었다.

— **홍세태** 조선 후기의 시인. 자는 도장(道長), 호는
유하(柳下). 벼슬이 찰방(察訪)에 이름.

진남루

鎭南樓₁진남루

홍세범(洪世範)

쓸쓸하게 내리는 흰 눈을 맞으며
홀로 진남루에 올라간다.
물이 차니 고기들도 뛰지 않고
산이 어두워 가니 피리 소리만 시름처럼 들린다.
온누리에 내 몸 하나 의지할 집이 없고
강물을 따라 배처럼 떠가는 신세.
1년을 보내는 나그네의 설움이
희어져 가는 머리를 보고서 한숨을 쉰다.

蕭蕭風雪裡　소소풍설리
獨上鎭南樓　독상진남루
水冷魚龍₂蟄　수랭어룡칩
山昏鼓角₃愁　산혼고각수

344

乾坤無定宅　건곤무정택

江海有孤舟　강해유고주

歲暮仍爲客　세모잉위객

悲吟欲白頭　비음욕백두

[주석]
1. 진남루(鎭南樓) 경상남도 통영(統營)에 있는 누각.
2. 어룡(魚龍) 물고기들을 말함.
3. 고각(鼓角) 피리를 말함.

[대의]
진남루에서 바라보는 바다와 산의 정경을 말하고, 일정한
정착 없이 나그네가 되어 외롭게 늙어가는 자신의 신세를
읊었다.

— **홍세범** 조선 숙종(肅宗) 때 사람.

거울

怨詞원사

최기남(崔奇男)

이 거울은
우리 임이 준 것.
임이 떠나니
거울 속 눈썹을 그려 무엇하리.

妾有菱花鏡₁ 첩유릉화경
憶君初贈時 억군초증시
君歸鏡空在 군귀경공재
不須照蛾眉₂ 불수조아미

1. 능화경(菱花鏡) 거울. 거울 이름.
2. 아미(蛾眉) 누에나방의 눈썹이라는 뜻으로 미인의 눈썹을 말함.

[대의]
임을 이별하고, 임이 준 거울만 남아 있어 쓸쓸하게 보내는 여자의 심정을 읊었다.

— **최기남** 조선 중기의 시인. 자는 영숙(英叔), 호는 구곡(龜谷)·묵헌(默軒).

거미

蜘蛛網[1]지주망

윤증(尹拯)

거미가 그물을 얽듯이
옆으로 아래위로 얽었도다.
잠자리 너에게 알리노니
행여 처마끝에 날아오지 말라.

蜘蛛結網罟　지주결망고
橫截下與上　횡절하여상
戒爾蜻蜓子[2]　계이청정자
信勿簷前向　신물첨전향

348

[주석]
1. 지주망(蜘蛛網) 거미줄.
2. 청정자(蜻蜓子) 잠자리.

[대의]
거미가 거미줄을 쳐 놓고 있는 것을 보고, 잠자리에게 처마끝에 날아오지 말라는 것을 읊었다.

― **윤증** 조선 후기의 문인. 자는 자인(子仁), 호는 명재(明齋). 성혼(成渾)의 외증손. 소론의 영수로 추대되어 송시열(宋時烈)과 대립함.

봄비

春雨춘우

윤홍찬(尹弘璨)

버들 빛은 비를 맞아 더욱 파릇한데
복숭아꽃은 비를 맞고 지는구나.
봄비가 내리는 가운데
기쁨과 슬픔이 오가는구나.

柳色雨中新　유색우중신

桃花雨中落　도화우중락

一般春雨中　일반춘우중

榮悴1自堪惜　영췌자감석

[주석]
1. 영췌(榮悴) 영화롭고 불행한 것.

[대의]
봄비가 내리는 가운데 버들잎이 새롭고, 복숭아꽃이 떨어
지는 것을 보고 세상 이치를 말하였다.

— **윤홍찬** 조선 숙종(肅宗) 때 사람.

산에서

山齋산재

박령(朴坽)

하얀 달빛이 책상머리에 비치네
바람결에 대나무 소리 쓸쓸하네.
마음 둘 곳 없는 이 몸
찬 방에서 홀로 지새우네.

皎皎₁月侵床   교교월침상
蕭蕭風動竹   소소풍동죽
幽人₂意悄然   유인의초연
獨夜寒齋宿   독야한재숙

[주석]
1. 교교(皎皎) 달이 매우 맑고 밝음.
2. 유인(幽人) 어지러운 세상을 피해 조용한 곳에 숨어
사는 사람.

[대의]
산속의 밝은 달과 대숲에 부는 바람 소리를 들으면서 홀로
지내는 모습을 그렸다.

— **박령** 조선 중기의 역관·서예가. 자는 군철(君哲),
호는 야족옹(也足翁).

수각

水閣₁수각

임황(任璜)

발을 청간수에 씻고
바위 위에 누웠네.
새소리에 꿈에서 깨니
가랑비는 내리고 해는 앞산에 기우네.

濯足林泉間　탁족림천간
悠然臥白石　유연와백석
夢驚幽鳥聲　몽경유조성
細雨前山夕　세우전산석

[주석]
1. 수각(水閣) 물가에 있는 정자.

[대의]
산중에서 한가히 생활하는 모습을 그렸다.

— **임황** 조선 경종(景宗) 때 사람.

칠석

七夕칠석

성덕문(成德文)

하늘에서는 견우와 직녀가 서로 만나는데
이내 몸은 바람에 흩날리는 이파리.
해마다 은하 언저리에서는
까마귀 떼가 다리를 놓아주는데.

天上雙星1會　천상쌍성회
人間一葉飄　인간일엽표
年年銀河渚　연년은하저
烏鵲自成橋　오작자성교

[주석]
1. 쌍성(雙星) 두 별, 견우와 직녀.

[대의]
칠석에 견우와 직녀가 오작교(烏鵲橋)에서 서로 만난다는
전설을 읊었다.

― **성덕문** 조선 경종(景宗) 때 사람.

항우

項羽항우

주의식(朱義植)

운이 다한 영웅이 하늘을 탄식하네
8년 동안 싸운 보람도 한바탕 꿈.
강동 땅의 부모에게만 부끄러운 것이 아니네
황천길에 무슨 낯으로 회왕을 뵈올 것인가.

英雄₁運去嘆天亡　　영웅운거탄천망

八載₂干戈夢一場　　팔재간과몽일장

不獨江東羞父老　　부독강동수부로

泉臺₃何面拜懷王₄　　천대하면배회왕

[주석]

1. 영웅(英雄) 항우(項羽)를 말함.

2. 팔재(八載) 8년.

3. 천대(泉臺) 지하, 땅속, 죽어서.

4. 회왕(懷王) 초(楚) 회왕을 말함.

[대의]

항우가 한(漢) 패공(沛公)과 8년을 싸운 끝에 패하자, 하늘이 나를 망쳤다고 탄식했다. 그리고 오강(烏江)을 건너려다가 강동의 부형을 볼 낯이 없다 하고 자결하였다. 이 고사를 인용하여 썼다.

— **주의식** 조선 후기의 시조 작가. 자는 도원(道源), 호는 남곡(南谷). 벼슬이 현감에 이름.

소양강

昭陽江₁소양강

김시완(金時完)

기러기 잠기는 곳 마름풀이 움직이는데
홀로 소양강 정자 위에 서 있네.
먼 호수에서 젖어오는 가랑비 속
피리 소리 들리는 곳에 배가 떠 있네.

平沙落雁白蘋₂秋　평사락안백빈추
獨倚昭陽江上樓　독의소양강상루
遠浦蕭蕭微雨裏　원포소소미우리
數聲漁笛₃有歸舟　수성어적유귀주

[주석]
1. 소양강(昭陽江) 강원도 춘천에 있는 강 이름.
2. 백빈(白蘋) 흰 마름꽃.
3. 어적(漁笛) 어부가 부는 피리. 어촌에서 들리는 피리
소리.

[대의]
소양강의 정자에서 바라보는 정경을 썼다.

— **김시완** 조선 경종(景宗) 때 사람.

그림을 불이고서

題墨竹後₁제묵죽후

정서(鄭敍)

한가한 틈에 먹을 찍어서
검은 대나무를 그렸다.
벽 위에 붙여 놓고 때로 바라보니
그윽한 향기가 풍긴다.

閑餘弄筆硯　한여롱필연

寫作一竿₂竹　사작일간죽

時於壁上看　시어벽상간

幽姿故不俗　유자고불속

[주석]
1. 제묵죽후(題墨竹後) 먹으로 그린 대나무를 보고서 지음.
2. 일간(一竿) 한 줄기. 간(竿)은 장대, 낚싯대.

[대의]
대나무를 그려 벽에 붙여 놓고, 홀로 보면서 즐기는 선비의 생활을 읊었다.

— 정서 고려 인종 때 문인. 호는 과정(瓜亭). 묵죽화(墨竹畫)에 뛰어났고 〈정과정곡(鄭瓜亭曲)〉을 지음.

363

뱃놀이
秋日泛舟₁추일범주

오한경(吳漢卿)

바다에 피어나는 안개는 걷히다가 끼다가
강바람에 해는 또 저문다.
나룻가 언덕에 단풍잎이 흩날리는데
복숭아꽃처럼 붉게 떠 있다.

海霧晴猶暗　해무청유암
江風晚更斜　강풍만경사
滿汀紅葉亂　만정홍엽란
疑是泛桃花　의시범도화

364

[주석]
1. 범주(泛舟) 배를 물에 띄움.

[대의]
가을날 배를 띄워 단풍을 구경하는 바다 풍경을 그렸다.

― **오한경** 고려의 문신. 문과에 급제하여 벼슬은 첨
의찬성사에 이름.

승가사

僧伽寺曉題₁승가사효제

엄계흥(嚴啓興)

여울물 소리에 스님은 잠이 들고
달이 뜨니 산은 더욱 고요하다.
돌에 앉아서 내 마음을 읊으니
소나무 그림자가 시정을 돋운다.

泉鳴僧未起　천명승미기
月出山逾靜　월출산유정
倚石發孤吟　의석발고음
離離₂松桂影　이리송계영

366

[주석]

1. 효제(曉題) 새벽에 씀.

2. 이리(離離) 멀어져 가는 모습.

[대의]

승가사의 새벽 달빛을 바라보고 물소리를 들으며 돌에 앉아 멀어지는 소나무 그림자를 보고 읊었다.

— **엄계흥** 조선 후기의 시인. 자는 숙일(叔一), 호는 국산(菊山).

벗에게

贈友人증우인

최림(崔林)

날은 밝다가 저물고
산은 예나 지금이나 푸르기만 하다.
술잔 앞에 모든 것을 잊고서
그대와 함께 마음을 비춰 보자.

白日有朝暮 백일유조모
青山無古今 청산무고금
一樽₁榮辱外 일준영욕외
相對細論心 상대세론심

[주석]
1. 일준(一樽) 한 동이의 술.

[대의]
술을 앞에 놓고 벗과 서로 느낀 바를 표현하였다.

— **최립** 조선 후기의 문신. 호는 외와(畏窩).

국화

菊국

최세연(崔世衍)

지난해 핀 울타리 아래 국화꽃이
금년에도 또 피었구나.
꽃을 보면 갖가지 느낌뿐
내 머리카락이 이미 꽃처럼 희어졌구나.

去年籬₁下菊　거년리하국
今歲又開花　금세우개화
對花還多感　대화환다감
浮生₂鬢已華₃　부생빈이화

370

[주석]

1. 이(籬) 울타리.

2. 부생(浮生) 덧없는 인생.

3. 이화(已華) 이미 꽃처럼 하얗게 되었다는 것. 즉 머리가 희어짐.

[대의]

국화꽃을 대하니 여러 가지 느낀 것이 많다면서 늙은 것을 한탄하였다.

— **최세연** 조선 영조(英祖) 때 사람.

371

달밤에
月夜월야

임서규(林瑞珪)

거문고를 그치니 구름 그림자가 벽에 어리고
시를 짓고 나니 달이 처마에 걸렸다.
꿈에서 깬 새벽 하늘에는
창밖에서 새소리가 요란하다.

琴罷1雲侵壁　금파운침벽
詩成月滿軒　시성월만헌
夢回天已曙　몽회천이서
窓外衆禽喧2　창외중금훤

[주석]
1. 금파(琴罷) 거문고 타는 것을 그침.
2. 훤(喧) 떠들썩하다, 시끄럽다.

[대의]
달밤에 거문고를 타고 시를 짓는데, 구름이 피어나고 달이 창가에 비쳐 꿈에서 깨니, 날이 새고 새소리가 요란하다는 것을 묘사하였다.

— **임서규** 조선 영조(英祖) 때 문인.

들에서
郊居1교거

김시모(金時模)

문턱을 넘고 보니 덩그런 집에 눈은 쌓이고
시냇물이 굽이쳐 흐르는 곳에 산 그림자가 떠 있
네.
그 속에 사슴처럼 한가한 늙은이
해가 높이 솟아서 들에 나오네.

門深樓院雪　문심루원설
溪轉道峰陰　계전도봉음
野老閒如鹿　야로한여록
日高方出林　일고방출림

[주석]

1. 교거(郊居) 산 밑에서 삶. 앞에는 들이 있고 뒤에는 산이 있는 곳에서 사는 것.

[대의]

산 높고 눈 쌓인 곳에서 사슴처럼 한가히 사는 노인의 모습을 그렸다.

— **김시모** 조선 정조(正祖) 때 사람.

문을 열고
郡事군사

홍우적(洪禹績)

술에 취하여 서쪽 창 아래 쓰러졌네
단잠을 깨니 해는 기울었네.
자리를 차고 문을 열고 보니
이슬비가 못에 방울지며 지나가네.

醉臥西窓下　취와서창하
孤眠到夕陽　고면도석양
覺₁來推戸看　교래추호간
微雨過方塘₂　미우과방당

[주석]

1. 교(覺) 잠에서 깨다.

2. 방당(方塘) 네모난 연못.

[대의]

술에 취하여 자다가 깨어 문을 열어 보니 연못에 비가 지나가고 있음을 읊었다.

— **홍우적** 조선 중기의 문인. 자는 가중(嘉仲), 호는 모암(慕菴). 벼슬은 호조참판을 지냄.

청심루

淸心樓청심루

이순필(李純苾)

서풍에 하늘대는 강물 따라 매미 소리 들으니
시름 속에 사는 내 머리는 어느덧 희어졌구나.
바닷가에서 문득 사람 말소리가 들리니
청심루 아래에 배가 돌아가고 있다.

西風江水一蟬秋₁ 서풍강수일선추

百感浮生易白頭 백감부생이백두

海岸忽聞人語響 해안홀문인어향

淸心樓下有歸舟 청심루하유귀주

378

[주석]
1. 일선추(一蟬秋) 매미가 우는 때.

[대의]
청심루에서 매미 소리와 사람 말소리와, 돌아가는 배를 보
니 늙은 것이 서글퍼진다는 것을 읊었다.

— **이순필** 조선 정조(正祖) 때 사람.

산에서
入山입산

조관빈(趙觀彬)

가도 가도 단풍나무뿐
물을 건너 돌길을 간다.
아, 저 하늘에 흰 구름이 피어나니
산 위에 또 산이 있는 것 같다.

丹楓千樹又萬樹　단풍천수우만수
我行悠悠水石間　아행유유수석간
不知天中白雲起　부지천중백운기
却疑山上更有山　각의산상갱유산

[주석]
1. 유유(悠悠) 아득한 모습.

[대의]
단풍의 절경을 보며 물과 돌 사이를 구름이 피어나는 높은 산을 올라가는 정경을 읊었다.

— **조관빈** 조선 후기의 문신. 자는 국보(國甫), 호는 회헌(悔軒). 숙종(肅宗) 때 급제하여 벼슬이 예조판서에 이름.

육신사

六臣[1]祠육신사

정창해(鄭昌海)

나그네여 두견새의 노래를 부르지 말라
이 곡을 단종 때 슬프게 불렀지만.
오직 육신들이 긴 밤에 뿌린 눈물로
노릉 땅 송백이 가지가 없다네.

行人莫唱子規詞[2]　행인막창자규사
此曲當年不盡悲　차곡당년부진비
惟有六臣長夜淚　유유륙신장야루
魯陵[3]松柏灑無枝　노릉송백쇄무지

[주석]

1. 육신(六臣) 사육신(死六臣)을 말함.
2. 자규사(子規詞) 두견새에 대하여 지은 시.
3. 노릉(魯陵) 단종이 묻혀 있는 곳. 강원도 영월 땅에 있음.

[대의]

사육신이 단종을 잊지 못하는 충정을 읊었다.

— **정창해** 조선 정조(正祖) 때 사람. 호는 우은(愚隱).

383

가을밤 구름을 보고
秋夜望月有微雲點空仍賦추야망월유미운점공잉부

안홍령(安弘齡)

높은 정자에 앉아 밝은 달을 바라보다가
처마끝에 맺힌 이슬이 떨어져 옷이 젖었네.
한 조각 저 구름은 어디서 떠 왔는가
점점이 솟아 있는 푸른 산에 달빛이 쏟아지네.

望日高樓坐夜長　망일고루좌야장

虛簷₁風露濕衣裳　허첨풍로습의상

浮雲一片來何處　부운일편래하처

數點青山萬里光　수점청산만리광

[주석]
1. 허첨(虛簷) 쑥쑥 나온 처마. 텅 비어 있는 처마.

[대의]
가을밤에 달을 바라보니 가는 비늘구름이 하늘에 가득히
펼쳐져 있어 그것을 묘사하였다.

— **안홍령** 조선 정조(正祖) 때 사람.

벗을 보내고서

送李時叔南歸송리시숙남귀

유득공(柳得恭)

풀잎이 짙어가는 언덕에서
그대를 멀리 보내니 내 마음이 쓸쓸하다.
천릿길을 남쪽으로 가는 나그네
삼한 땅에 떠돌아다니는 풍류객이라.
하늘 끝에 멀어져 가는 기러기
호수에는 고기떼가 뛰고 있다.
땅에 가득히 떨어져 있는 배꽃이
그대 떠나니 바람에 흩어지네.

連草草色晩　연초초색만

離別欲依依₁　이별욕의의

千里南歸客　천리남귀객

三韓₂一布衣₃　삼한일포의

春雲鴻雁杳　춘운홍안묘

湖水鯉魚肥　호수리어비

滿地梨花白　만지리화백

皆君去後飛　개군거후비

[주석]

1. 의의(依依) 떨어지지 않으려는 모습. 의지하려는 모습.

2. 삼한(三韓) 옛날 우리나라가 삼한으로 나뉜 때도 있었고, 또는 고구려·신라·백제로 나뉜 때도 있었으나, 여기서는 우리나라에서, 한국에서의 뜻.

3. 포의(布衣) 벼슬 없이 가난하게 사는 선비.

[대의]

친한 벗을 이별하는데 때는 신록이 짙어가며 배꽃이 지고, 기러기는 날아가고 물고기는 살지는 계절이라 이 정경을 썼다.

― 유득공 조선 후기의 실학자. 자는 혜풍(惠風), 호는 냉재(泠齋). 정조(正祖) 때 규장각검서관(奎章閣檢書官)으로 벼슬이 중추부사에 이름. 사대시가(四大詩家, 이서구·이덕무·박제가·유득공)의 한 사람.

거울 앞에서

元朝₁對鏡원조대경

박지원(朴趾源)

문득 흰 수염이 하나둘 생겨 가나
내 몸은 언제나 6척의 키에 변함이 없구나.
거울 속 얼굴은 해마다 달라지나
어릴 적 마음은 지금도 변함이 없구나.

忽然添得數莖鬚₂　　홀연첨득수경수
全不加長六尺軀　　전불가장륙척구
鏡裏容顔隨歲異　　경리용안수세이
穉心₃猶自去年吾　　치심유자거년오

[주석]
1. 원조(元朝) 1월 1일 아침. 정월 초하룻날 아침.
2. 수경수(數莖鬚) 몇 가닥의 수염. 수염이 길어진 것.
3. 치심(穉心) 어릴 때의 마음. 어린아이 같은 마음.

[대의]
정월 초하루에 거울을 보니 6척 장신에 흰 수염이 길고
얼굴이 해마다 달라지는데, 마음만은 아직도 어릴 적 마음
을 지니고 있다는 것을 읊었다.

― **박지원** 조선 후기의 문신 · 학자. 자는 중미(仲美),
호는 연암(燕巖). 벼슬이 양양부사(襄陽府使)에 이름.
실학파의 거벽(巨擘). 저서에 《열하일기(熱河日記)》·
《농정신서(農政新書)》·《허생전(許生傳)》·《양반전
(兩班傳)》등 《연암집(燕巖集)》6권 3책이 전함. 시
호는 문도(文度).

모춘에

暮春1모춘

신흥섬(申興暹)

울타리도 초라한 산 아래 집
처마끝에 해는 져가고 새소리 요란하네.
어젯밤 내린 비로
뜰 앞에 피어 있던 꽃이 다 졌네.

短短2疎籬山下家   단단소리산하가
松簷遲日鳥聲多   송첨지일조성다
無端昨夜前溪雨   무단작야전계우
落盡閒庭一樹花   낙진한정일수화

[주석]
1. 모춘(暮春) 늦은 봄. 음력 3월을 달리 이르는 말.
2. 단단(短短) 높지 않고 짧은 것.

[대의]
늦은 봄날, 비에 떨어지는 꽃을 아쉬워하며 우는 새를 묘
사하였다.

— **신홍섬** 조선 정조(正祖) 때 시인. 자는 자희(子
熙), 호는 청계(淸溪).

달을 바라보며
月出口號₁월출구호

홍현주(洪顯周)

내가 본래 달을 사랑하는데
오늘은 달을 보아도 별 느낌이 일지 않네.
내 마음에 한 될 것은 없으나
차마 가을 달은 볼 수가 없네.

本與月相期　본여월상기
見月心還歇　견월심환헐
我自無怨情　아자무원정
未忍見秋月　미인견추월

[주석]
1. 구호(口號) 산 이름.

[대의]
달을 평소에 사랑하나, 가을 달만은 차마 바라볼 수가 없
다는 느낌을 읊었다.

— **홍현주** 조선 정조(正祖) 때 사람. 호는 해거재(海
居齋).

학

自白雲復至西岡자백운부지서강

이서구(李書九)

시냇가에 집이 있으니
해가 저물면 바람이 차갑다.
대숲 속에 사람은 없고
논 가운데 백로가 우뚝 서 있다.

家近碧溪頭　가근벽계두
日夕溪風急　일석계풍급
脩竹₁不逢人　수죽불봉인
水田鷺影立　수전로영립

[주석]
1. 수죽(脩竹) 밋밋하게 자란 가늘고 긴 대나무. 쭉쭉
자란 대나무.

[대의]
나그네 몸으로 산중에 돌아와서 사람은 만나지 못하고, 무
논에 백로가 서 있는 것을 보고 그것을 그렸다.

— 이서구 조선 후기의 문신·문인. 자는 낙서(洛瑞),
호는 강산(薑山)·척재(惕齋). 영조(英祖) 때 벼슬이
우의정에 이름. 사대시가(四大詩家, 이서구·이덕무·
박제가·유득공)의 한 사람.

그림을 보고

陳曉畵진효화

이서구(李書九)

밤비가 맑게 개니
먼 하늘이 더욱 아득하게 보인다.
호숫가에 피어오르는 저녁연기는 푸른빛이요
마을 어귀에 솟아 있는 단풍잎은 황금색이라.
사람이 바라보니 가을 산이 멀어져 가고
돛단배가 돌아가니 강물이 하늘에 닿았다.
호수와 더불어 사는 이 몸이
어부의 티 없는 생활이 부럽기만 하다.

夜雨知初霽　야우지초제

遙天正渺茫₁　요천정묘망

暝烟₂迷浦碧　명연미포벽

霜樹出村黃　상수출촌황

396

人立秋山小　인립추산소

帆歸曉水長　범귀효수장

江湖留宿計₃　강호류숙계

空羨捕魚郞₄　공선포어랑

[주석]
1. 묘망(渺茫) 아득한 모양
2. 명연(暝烟) 짙은 연기, 짙은 안개.
3. 유숙계(留宿計) 머물러서 살자는 꾀.
4. 포어랑(捕魚郞) 고기 잡는 사람. 어부를 말함.

[대의]
비가 갠 가을 포구에 연기는 자욱하게 끼어 있고, 단풍잎
이 아롱져 가는 가을 산과 멀어져 가는 돛단배를 바라보면
서 자연에 묻혀 어부처럼 살고 싶은 심정을 읊었다.

― 이서구 조선 후기의 문신·문인. 자는 낙서(洛瑞),
호는 강산(薑山)·척재(惕齋). 영조(英祖) 때 벼슬이
우의정에 이름. 사대시가(四大詩家, 이서구·이덕무·
박제가·유득공)의 한 사람.

작은 것을 볼 때마다

初乘海舶₁초승해박

홍석주(洪奭周)

작은 것을 볼 때마다 큰 것을 생각하고
위태한 길을 걷고 나면 편한 것이 그리워진다.
평생 잔잔한 호수를 보는 마음이
오늘 끝없는 바다를 바라보고 탄식하였네.
땅덩이가 이곳 바다에 와서 끝이 났는가
하늘은 저렇게 높고 넓기만 하구나.
이 몸이 너만을 믿으니
삼가라, 그 무서운 파도의 힘을.

    見小常憶大　견소상억대

    乘危却羨安　승위각선안

    平生觀水志　평생관수지

    此日望洋₂嘆　차일망양탄

地軸₃於斯盡   지축어사진

天衢₄似許寬₅   천구사허관

長年₆惟恃汝   장년유시여

愼莫輕波瀾   신막경파란

[주석]
1. 해박(海舶) 바다의 큰 배.
2. 망양(望洋) 끝없이 넓은 바다를 말함.
3. 지축(地軸) 땅.
4. 천구(天衢) 하늘.
5. 사허관(似許寬) 그렇게 넓은 것.
6. 장년(長年) 나이 많은 것을 말함.

[대의]
배를 타고 끝없는 넓은 바다를 바라보고서, 땅과 하늘과
바다의 무궁한 조화를 느낀 것을 읊었다.

— **홍석주** 조선 후기의 문신. 자는 성백(成伯), 호는
연천(淵泉). 정조(正祖) 때 대제학을 맡고 벼슬이 좌
의정에 이름. 시호는 문간(文簡).

아이에게

兒莫啼아막제

이양연(李亮淵)

아이야 너는 울지 말라
앵두꽃이 담 옆에 피었구나.
꽃이 지면 열매가 맺으리니
아이야 나하고 함께 따 먹자.

抱兒兒莫啼　포아아막제
杏花開籬側　행화개리측
花落應結子₁　화락응결자
吾與爾共食　오여이공식

[주석]
1. 결자(結子) 열매를 맺음.

[대의]
우는 아이를 달래는 마음으로 썼다.

── **이양연** 조선 후기의 문신. 자는 진숙(晋叔), 호는
임연(臨淵). 은일(隱逸)로 벼슬이 동지중추부사에 이
름.

사람들의 말

送申使君光洙之任漣川₁송신사군광수지임련천

이용휴(李用休)

사람들이 말마다
문인은 쓸모가 없다고 한다.
그대 그 누명을 씻어서
문인의 힘을 보여주게.

世俗有恒言　세속유항언
文人無所用　문인무소용
公爲一洗之　공위일세지
使知文人重　사지문인중

[주석]
1. 지임련천(之任漣川) 연천 땅의 임지로 감.

[대의]
세상에서 문인이 무능하다는 말을 듣고 썼다.

— **이용휴** 조선 후기의 문인. 자는 경명(景命), 호는
혜환재(惠寰齋). 벼슬은 첨지중추부사에 이름.

가을 잎

石井₁落槐₂석정락괴

홍길주(洪吉周)

돌에 앉아 회화나무를 바라보니
맑은 기운이 꽃보다 아름답구나.
그대여 샘 언저리를 쓸지 말라
단풍잎이 떨어져 쌓이지 않는가.

坐愛綠槐樹　좌애록괴수
清佳勝賞花　청가승상화
井欄君莫掃　정란군막소
秋葉落來多　추엽락래다

[주석]
1. 석정(石井) 돌로 쌓아 만든 샘.
2. 괴(槐) 회화나무.

[대의]
우물 옆에 서 있는 회화나무 잎이 떨어지는 정취가 꽃을 보는 것보다 아름답다는 것을 읊었다.

— **홍길주** 조선 정조(正祖) 때 사람.

갈매기와 더불어

漫興₁만흥

이성천(李性天)

우연히 산속을 나와서
호숫가를 걷고 있다.
앉아서 산수를 즐기다가
꿈길에서 갈매기와 호수를 떠 갔네.

偶出青山裏 우출청산리
仍來湖水邊 잉래호수변
坐看山水色 좌간산수색
還與白鷗眠 환여백구면

[주석]
1. 만흥(漫興) 부질없는 흥취.

[대의]
산과 호수를 즐겨 갈매기처럼 한가하게 사는 것을 읊었다.

— **이성천** 조선 정조(正祖) 때 사람.

각지에게

贈覺池[1]증각지

언기(彦機)

홍이 나서 휘파람을 불며 정자에 올라가니
갈대꽃이 피어 있는 강 언덕을 달이 흐른다.
처량한 어부의 한 피리 소리가
깊어가는 백구주의 밤하늘에 메아리친다.

興來長嘯上高樓　흥래장소상고루
明月蘆花[2]兩岸秋　명월로화량안추
最好一聲漁夫笛　최호일성어부적
夜深吹過白鷗洲[3]　야심취과백구주

[주석]

1. 각지(覺池) 인명. 승려의 법명.
2. 노화(蘆花) 갈대꽃.
3. 백구주(白鷗洲) 갈매기가 깃드는 모래섬.

[대의]

높은 정자에 올라 어부의 피리 소리를 듣고 지었다.

— **언기** 조선 중기의 승려. 법호는 편양당(鞭羊堂).
휴정대사에게서 법을 받음.

일본에 보내며

送松雲之日本송송운지일본

법견(法堅)

종일토록 그대 생각하다가

정자에 기대어 멀리 떠 가는 구름에 시름을 달랜다.

어떻게 가을바람에 잎이 지는

깊은 밤 달빛 아래 종소리를 들을 수 있을까.

終日思君不見君　종일사군불견군

依樓魂斷海天雲　의루혼단해천운

那堪落葉秋風外　나감락엽추풍외

半夜疎鐘月下聞　반야소종월하문

[주석]
1. 반야소종(半夜疎鐘) 밤중에 들려오는 종소리. 이따금 들려오는 종소리.

[대의]
일본에 간 벗을 그리워하는 심정을 읊었다.

— **법견** 조선 중기의 승려. 호는 기암(奇巖). 서산대사의 대표적인 제자 중 한 사람. 임진왜란 때 의승장(義僧將)으로 활약함.

김형에게

寄呈江陽₁金明府 기정강양김명부

처능(處能)

산속에 날이 새니
봉우리마다 달이 져 가네.
그대 꿈길에서 만나고자
기러기 따라 강가에 왔네.

萬壑₂秋雲曉　만학추운효

千峯落月時　천봉락월시

相思一枕夢　상사일침몽

隨雁到江湄₃　수안도강미

[주석]

1. 강양(江陽) 지명.

2. 만학(萬壑) 첩첩이 겹쳐진 많은 골짜기.

3. 미(湄) 물가. 물가의 가장자리.

[대의]

벗을 생각하는 심정을 읊었다.

— **처능** 조선 후기의 승려. 자는 신수(愼守), 호는 백
곡(白谷). 벽암(碧巖)의 고제자로 시집이 있음.

매화는 지고
山客산객

해원(海源)

매화가 떨어지고 들꽃이 지니
골짜기에 봄은 가고 구경꾼도 드무네.
멀리 산봉우리 숲속
두견새 우는 곳에 스님이 돌아가고 있네.

山梅落盡野花飛　　산매락진야화비
谷口春殘客到稀　　곡구춘잔객도희
遙望千峰紅樹₁裏　　요망천봉홍수리
杜鵑₂啼處一僧歸　　두견제처일승귀

1. 홍수(紅樹) 붉은 꽃이 피어 있는 나무.
2. 두견(杜鵑) 두견이과에 속하는 새. 우리말로는 접동새라 하고, 한자어로는 두우(杜宇) · 자규(子規)라고도 함.

[대의]
봄날 두견새 우는 산중의 정경을 읊었다.

— **해원** 조선 후기의 승려. 자는 천경(天鏡), 호는 함월(涵月). 도창사(道昌寺)에서 출가하였고, 영지대사(英智大師)에게서 구족계를 받음. 《천경집(天鏡集)》 2권이 전함.

잠에서 깨어
睡起수기

수초(守初)

해가 지니 처마 그림자가 시냇물에 잠겼구나
발을 걷으니 서늘한 바람이 불어온다.
창밖에는 꽃이 져 봄이 깊어가는데
꿈에서 깨니 새들이 봄을 노래하네.

日斜簷影落溪濱   일사첨영락계빈
捲簾微風自掃塵   권렴미풍자소진
窓外落花春寂寂₁   창외락화춘적적
夢回林鳥一春聲   몽회림조일춘성

[주석]
1. 적적(寂寂) 고요한 것.

[대의]
봄날에 낮잠에서 깨니 처마 그림자는 앞 시냇물에 옮겨가고, 바람이 불어와 먼지를 쓸어가는 창밖에는 새들이 한가히 봄을 노래하는 정경을 묘사하였다.

— **수초** 조선 후기의 승려. 법호는 취미(翠微), 자는 태혼(太昏), 속성은 성(成). 벽암(碧巖)의 제자. 《취미대사시집》이 있음.

강남곡

江南曲₁강남곡

허난설헌(許蘭雪軒)

사람은 강남의 즐거움을 말하나
나는 강남의 수심을 느꼈도다.
해마다 이 포구에서
눈물을 뿌리며 떠나는 배만 지켜보는 것을.

人言江南樂　인언강남락
我見江南愁　아견강남수
年年沙浦口　연년사포구
腸斷望歸舟　장단망귀주

[주석]
1. 강남곡(江南曲) 강남의 노래.

[대의]
포구에서 떠나는 배를 보고 이별을 슬퍼하여 지었다.

— **허난설헌** 조선 선조(宣祖) 때 여류시인·화가·문장가. 초당(草堂) 허엽(許曄)의 딸, 서당(西堂) 김성립(金誠立)의 부인. 《난설헌집》이 있고 그림에도 뛰어났음. 27세에 죽음.

빈녀음

貧女吟빈녀음

허난설헌(許蘭雪軒)

가위를 잡고서
손이 얼도록 밤새워 바느질하네.
시집갈 옷을 짓고 있으나
해마다 홀로 자네.

手把金剪刀₁ 수파금전도
夜寒十指直 야한십지직
爲人作嫁衣 위인작가의
年年還獨宿 연년환독숙

[주석]

1. 금전도(金剪刀) 예전에 금으로 만든 가위를 이르던 말. 전(剪)은 자르다.

[대의]

밤새워 바느질하여 옷을 지으나, 가난하여 시집가지 못하는 여자의 신세를 읊었다.

— **허난설헌** 조선 선조(宣祖) 때 여류시인·화가·문장가, 초당(草堂) 허엽(許曄)의 딸, 서당(西堂) 김성립(金誠立)의 부인. 《난설헌집》이 있고 그림에도 뛰어났음. 27세에 죽음.

규원

閨怨규원

허난설헌(許蘭雪軒)

텅 빈 방에 가을이 저물어가니
서리 내린 강 언덕에 기러기가 날아간다.
거문고를 혼자 쓸쓸히 타고 있는데
연꽃이 못 가운데로 떨어진다.

月樓秋盡玉屏空　월루추진옥병공

霜打蘆洲1下暮鴻　상타로주하모홍

瑤琴一彈人不見　요금일탄인불견

藕花2零落野塘中　우화령락야당중

[주석]

1. 노주(蘆洲) 갈대밭.

2. 우화(藕花) 연꽃.

[대의]

혼자 거문고를 타면서 세월을 보내는 여인의 외로운 심정을 읊었다.

— **허난설헌** 조선 선조(宣祖) 때 여류시인·화가·문장가, 초당(草堂) 허엽(許曄)의 딸, 서당(西堂) 김성립(金誠立)의 부인. 《난설헌집》이 있고 그림에도 뛰어났음. 27세에 죽음.

어머니에게

泣別慈母읍별자모〔自江陵上京자강릉상경自江陵上京〕

신사임당(申師任堂)

어머님의 늙으신 몸을 남겨 두고서
이 몸은 임 따라 무정하게 서울로 가네.
머리 돌려서 때로 고향을 바라보니
흰 구름이 떠가는 곳에 푸른 산이 어두워가네.

慈親鶴髮₁在臨瀛₂　자친학발재림영
身向長安獨去情　신향장안독거정
回首北村時一望　회수북촌시일망
白雲飛下暮山靑　백운비하모산청

[주석]
1. 학발(鶴髮) 학처럼 흰 머리.
2. 임영(臨瀛) 강릉의 옛 이름.

[대의]
늙으신 어머니를 남겨 두고, 임을 따라 서울로 가는 여자
의 신세를 읊었다.

— **신사임당** 조선 선조(宣祖) 때 진사 신명화(申命
和)의 딸로, 율곡(栗谷) 이이(李珥)의 어머니. 어릴
때부터 안견(安堅)의 그림을 배워 산수(山水)와 포도
그림에 뛰어났으며, 경사(經史)에도 뛰어났음.

달을 보고
賞月상월

일타홍(一朶紅)

둥근 달이 오늘따라 더 밝은데
저 금빛은 천만년을 반짝이는데.
온누리를 멀리 바라보니
인생의 시름이 서글퍼지기만 한다.

亭亭新月最分明 정정신월최분명

一片金光₁萬古情 일편금광만고정

無限世界今夜望 무한세계금야망

百年憂樂₂幾人情 백년우락기인정

[주석]
1. 금광(金光) 달빛.
2. 우락(憂樂) 근심과 즐거움.

[대의]
먼 옛날부터 비쳐 온 달빛을 보고, 인생의 허무함을 느껴
읊었다.

― **일타홍** 조선의 기녀.

한

閨情규정

이숙원(李淑媛)

약속하고 어찌 오지 않는가
뜰의 매화꽃이 져가고 있는데.
문득 가지 위에서 우는 까치 소리를 듣고
부질없는 줄 알면서 거울 속 눈썹을 그리네.

有約來何晩　유약래 하만

庭梅欲謝時ı　정매 욕사시

忽聞枝上鵲　홀문 지상작

虛畵鏡中眉　허화 경중미

428

[주석]

1. 욕사시(欲謝時) 사양하고자 하는 때. 떨어지고자 하는 때.

[대의]

만나자는 약속을 어긴 임을 안타깝게 기다리는 여인의 정을 읊었다.

― 이숙원 조선 중기의 여류시인. 군수(郡守) 이봉(李逢)의 서녀, 운강(雲江) 조원(趙瑗)의 소실. 임진왜란 때 순절(殉節)하였음. 기녀 이름 옥봉(玉峯).

꿈
夢몽

이숙원(李淑媛)

임이여 요즈음 어떻게 지내시는가
달이 창에 비칠 때마다 한스럽기만 하다.
만일 꿈길이 자취가 있다면
임의 문 앞 돌길이 모래가 되었으리라.

近來安否問如何　근래안부문여하
月到紗窓妾恨多　월도사창첩한다
若使夢魂行有跡　약사몽혼행유적
門前石路半成沙₁　문전석로반성사

430

[주석]

1. 반성사(半成沙) 반이나 모래를 이루었음. 반이나 모래가 되었을 것이다.

[대의]

무정하게 떠난 임을 그려, 밤마다 꿈으로 세월을 보내는 여인의 고독을 읊었다.

— **이숙원** 조선 중기의 여류시인. 군수(郡守) 이봉(李逢)의 서녀, 운강(雲江) 조원(趙瑗)의 소실. 임진왜란 때 순절(殉節)하였음. 기녀 이름 옥봉(玉峯).

임을 이별하면서

別權判書尙愼별권판서상신

의주(義州) 기녀

가는 길 편안하오

그 머나먼 길을.

소상강 달 없는 밤에

울어대는 기러기 소리를 어떻게 들으려오.

> 去去平安去　거거평안거
>
> 長長萬里多　장장만리다
>
> 瀟湘₁無月夜　소상무월야
>
> 孤叫雁聲何　고규안성하

[주석]

1. 소상(瀟湘) 중국에 있는 소상강.

[대의]

사랑하던 임을 보내며, 달 밝은 밤 울고 가는 기러기 소리
를 어떻게 들을까 하는 외로움을 읊었다.

― **의주 기녀** 시대 미상의 여류시인.

반달

牛月 반월

황진이(黃眞伊)

뉘라서 둥근 구슬을 끊어서
반달을 만들었나.
임이 떠나고
푸른 하늘에 던져진 이 마음.

誰斷崑山玉1   수단곤산옥
裁成織女梳2   재성직녀소
牽牛一去後   견우일거후
愁擲碧空虛   수척벽공허

[주석]
1. 곤산옥(崑山玉) 곤륜산에서 나는 옥.
2. 소(梳) 머리빗.

[대의]
반달을 여자의 머리빗으로 상징하여 읊었다.

— **황진이** 조선 중기의 개성(開城)의 이름난 기녀. 송도삼절(松都三絶, 박연폭포·화담 서경덕·황진이)의 하나. 황진사(黃進士)의 딸로 한시가(漢詩歌)·서화(書畫)·시조(時調)에 뛰어났음. 시조 6수가 전함.

임에게

奉別蘇判書世讓봉별소판서세양

황진이(黃眞伊)

달빛 아래 오동잎이 지고
서리를 맞고 들국화가 피었네.
집이 높으니 하늘에 닿을 듯
사람이 취하니 술이 천 잔인 듯.
흐르는 물소리 따라 거문고 가락이 싸늘하고
매화꽃은 피리 소리를 머금고 피고 있다.
내일 서로 이별한 뒤에
우리의 정이야 저 강물처럼 이어지리라.

　　月下梧桐盡　　월 하 오 동 진

　　霜中野菊黃　　상 중 야 국 황

　　樓高天一尺₁　　누 고 천 일 척

　　人醉酒千觴₂　　인 취 주 천 상

436

流水和琴冷3　유수화금랭

梅花入笛香4　매화입적향

明朝相別後　명조상별후

情與碧波長　정여벽파장

[주석]

1. 천일척(天一尺) 한 자만 있으면 하늘에 닿는다는 뜻.

2. 천상(千觴) 천 잔, 많은 술.

3. 화금랭(和琴冷) 거문고 소리에 화하여 차갑다.

4. 입적향(入笛香) 피리 소리에 들어와서 향기롭다.

[대의]

판서 소세양(蘇世讓)과 이별하면서 행여 정이 끊어질까 두려워하는 마음을 읊었다.

— **황진이** 조선 중기의 개성(開城)의 이름난 기녀. 송도삼절(松都三絶, 박연폭포·화담 서경덕·황진이)의 하나. 황진사(黃進士)의 딸로 한시가(漢詩歌)·서화(書畫)·시조(時調)에 뛰어났음. 시조 6수가 전함.

송별

送別송별

소옥화(小玉花)

올해도 저물고 찬 바람 속에 오늘도 져가는데
임을 멀리 보내니 눈물이 옷을 적신다.
저 언덕에 봄풀은 해마다 푸르리니
왕손처럼 한 번 가고 돌아오지 않으면 나는 몰라.

歲暮風寒又夕暉l　세모풍한우석휘
送君千里淚沾衣　송군천리루첨의
春堤芳草年年綠　춘제방초년년록
莫學王孫去不歸　막학왕손거불귀

[주석]
1. 석휘(夕暉) 해가 져가는 석양을 말함.

[대의]
임을 보내기는 보내지만, 내년에 봄풀이 푸르면 반드시 돌
아오라는 것을 읊었다.

— **소옥화** 조선의 거제도(巨濟島) 남촌(南村) 기녀.

임을 보내고
泣別北軒읍별북헌

도화(桃花)

낙동강 위에서 처음 임을 만났는데
보제원 머리에서 또 임을 보내네.
복사꽃이 떨어져 이젠 자취도 없는데
달 밝은 밤에 임 생각이 나면 어떻게 할 것인가.

洛東江上初逢君　낙동강상초봉군
普濟院1頭更別君　보제원두갱별군
桃花落地紅無跡　도화락지홍무적
明月何時不憶君　명월하시불억군

[주석]
1. 보제원(普濟院) 조선 시대에 무의탁 병자나 환자를 무료로 치료해 주던 구휼(救恤) 기관.

[대의]
사랑하는 임을 보내면 밝은 달밤을 임 생각으로 보내게 될 것이라는 심정을 읊었다.

— **도화** 시대 미상의 여류시인.

강촌

江村春景강촌춘경

죽향(竹香)

문 밖 언덕길에 버들가지 늘어지고
푸른 연기에 싸여 마을이 보이지 않네.
문득 목동이 피리를 불고 지나가니
안개 속에 강 마을이 어두워지네.

千絲萬縷₁柳垂門　천사만루류수문

綠暗如烟不見村　녹암여연불견촌

忽有牧童吹笛過　홀유목동취적과

一江烟雨自黃昏　일강연우자황혼

[주석]
1. 천사만루(千絲萬縷) 버들가지가 늘어진 모습.

[대의]
강 마을의 봄 경치를 쓴 것으로, 늘어진 버들가지에 아지
랑이는 자욱하게 끼고, 목동의 피리 소리에 저물어 가는
강산을 떠올리게 한다.

— **죽향** 조선 시대 평양의 기녀·화가. 호는 낭간(琅
玕). 시화(詩畵)에 뛰어났음.

꽃이 피고 지는데

落花渡₁낙화도

신녀(神女)

어제는 꽃이 핀 마을에서 자고
오늘 아침에는 꽃이 지는 냇물을 건너네.
인생은 오가는 봄이라
피는 꽃을 보고 나서 또 지는 꽃을 보네.

昨宿花開上下家　작숙화개상하가
今朝來渡落花波　금조래도락화파
人生正似春來去　인생정사춘래거
纔見開花又落花　재견개화우락화

444

[주석]
1. 낙화도(落花渡) 꽃이 지는 강을 건너감.

[대의]
피는 꽃과 지는 꽃을 보고 인생의 허무를 느껴서 지었다.

— **신녀** 시대 미상의 여류시인.

정

寄情기정

양사언(楊士彦)의 소실

사립문을 열어 놓고 임을 기다리니
깊은 밤 내린 서리에 비단옷이 아롱진다.
양산관 속에 꽃이 만발하여
날마다 그 꽃을 보느라고 못 오시나.

悵望長途不掩扉　창망장도불엄비
夜深風露濕羅衣　야심풍로습라의
楊山館1裏花千樹　양산관리화천수
日日看花歸未歸　일일간화귀미귀

[주석]
1. 양산관(楊山館) 양산에 있는 집.

[대의]
임을 기다리는 안타까운 심정을 읊었다. 우리 임은 날마다 양산관에 피어 있는 꽃을 구경하느라고 못 오는 것인가 답답하기만 하다는 심정을 썼다.

― **양사언의 소실** 조선 전기의 문신·서예가인 양사언의 소실로, 시에 뛰어났음.

임을 그리며

秋懷추회

억춘(憶春)

기러기 소리 찬 바람결에 들리더니
멀리 산 너머로 떠 가네.
임 생각에 꿈에서 깨니
가을 달빛만 창에 부숴지네.

霜雁墮寒聲　상안타한성
寂寞過山城₁　적막과산성
思君孤夢罷　사군고몽파
秋月照窓明　추월조창명

[대의]
지나가는 기러기 소리에 임의 꿈에서 깨니, 가을 달빛만
창에 비치고 있다는 것을 읊었다.

― **억춘** 시대 미상의 여류시인.

백마강

白馬江백마강

취선(翠仙)

해가 저물어 고란사를 찾았네
절에 올라서니 바람이 시름처럼 불어오고.
조룡대 너머 구름이 뭉게뭉게 피어오르네
삼천 궁녀의 넋을 달빛이 비쳐 주는구나.

晚泊皐蘭寺₁ 만박고란사

西風獨倚樓 서풍독의루

龍亡₂雲萬古 용망운만고

花落月千秋 화락월천추

[주석]

1. 고란사(皐蘭寺) 충청남도 부여 부소산(扶蘇山) 북쪽 백마강변에 있는 절. 백제가 멸망할 때 낙화암(落花巖)에서 사라져간 삼천 궁녀의 넋을 위로하기 위하여 고려 현종 때 지은 절이라고도 함.

2. 용망(龍亡) 백마강에 있는 용을 당나라 소정방(蘇定方)이 말을 먹이로 하여 낚았다는 고사.

[대의]

세월은 변함없이 오고 가지만 낙화암에서 떨어져 죽은 삼천 궁녀는 다시 오지 않는다는 인생의 허무를 읊었다.

— 취선 조선 후기 충청도의 기녀. 호는 설죽(雪竹).

임

懷人,회인

신익성(申翊聖)의 노비

바람에 흩날리는 이파리
비에 떨어지는 꽃송이.
그리운 임이여 꿈에서 깨니
달은 서쪽 하늘에 기울었네.

落葉風前語　낙엽풍전어
寒花雨後啼　한화우후제
相思今夜夢　상사금야몽
月白小樓西　월백소루서

[주석]
1. 회인(懷人) 사람을 그리워함.

[대의]
가을밤에 지는 잎과 꽃의 서글픔을 안고서 멀리 떨어져 있는 임을 생각하여 읊었다.

— **신익성의 노비** 조선 중기의 문신·서예가인 신익성의 노비. 미상.

비단옷은 찢어져도

贈醉客증취객

이매창(李梅窓)

술 취한 임이 옷자락을 잡았네
옷자락이 찢어졌네.
비단옷은 천 번 찢어져도 아까울 것 없지만
임이여 정이 끊기면 나는 몰라.

> 醉客執羅衫₁   취객집라삼
>
> 羅衫隨手裂   나삼수수렬
>
> 不惜一羅衫   불석일라삼
>
> 但恐恩情絶   단공은정절

[주석]
1. 나삼(羅衫) 비단으로 만든 윗옷.

[대의]
비단 옷자락이 임이 잡아당겨서 찢어지자, 행여 사랑이 끊어질까 두려워하여 읊었다.

— **이매창** 조선의 기녀. 자는 천향(天香), 호는 매창. 계생(桂生)이라고도 함.

한

恨한

취련(翠蓮)

봄이 돌아와 꽃이 피니
생각나는 것은 임뿐.
임은 풍류객
언제나 만나볼까.

今節當三春₁ 금절당삼춘
鄕愁日日新 향수일일신
學士風流客 학사풍류객
今作空歸人 금작공귀인

[주석]
1. 삼춘(三春) 봄 계절. 봄철 3개월을 말함.

[대의]
춘삼월이 되어도 임은 오지 않고, 쓸쓸하게 기다리는 모습
을 읊었다.

— **취련** 조선의 정주(定州) 기녀. 자는 일타홍(一朶
紅). 시에 뛰어났고, 가무(歌舞)에도 뛰어났음.

강태공

題太公釣魚圖제태공조어도

정씨(鄭氏)

백발을 흩날리며 낚싯대를 드리우니
그 모습 초연하여라 태공이여.
만일 문왕의 사냥이 아니었다면
기러기를 짝하여 세월만 보냈으리.

鶴髮投竿客　학발투간객
超然不世翁1　초연불세옹
若非西伯2獵　약비서백렵
長半往來鴻　장반왕래홍

[주석]
1. 불세옹(不世翁) 세상에 흔히 없는 노인.
2. 서백(西伯) 중국 주(周)나라 문왕(文王)을 말함. 사냥하다가 강태공(姜太公)을 만났음.

[대의]
강태공이 위수(渭水)에서 낚시하다가 인재를 찾던 문왕을 만나게 된 일을 읊었다.

— 정씨 조선 전기의 문신 정인인(鄭麟仁)의 어머니. 동래(東萊) 사람 정자순(鄭子順)의 딸이며 군수 정찬우(鄭纘禹)의 부인.

3월에 집을 떠나

四絶亭₁遇諸學士席上口吟사절정우제학사석상구음

태일(太一)

3월에 집을 떠난 몸 9월에 돌아오니
산에서 물에서 헤매던 길이 삼삼하다.
이 몸은 기러기와 흡사한 것
강남에서 날아왔다가 또 북으로 날아간다.

三月離家九月歸　삼월리가구월귀

秦山楚水路依依　진산초수로의의

此身恰似隨陽鳥　차신흡사수양조

行盡江南又北飛　행진강남우북비

[주석]
1. 사절정(四絶亭) 평안북도 영변에 있는 정자 이름.

[대의]
떠돌아다니며 사절정에서 여러 선비를 만나서 시를 짓고
술을 마시며 노는 자신의 신세타령을 묘사하였다.

— **태일** 괴산(槐山) 기녀.

원사

怨詞원사

전주(全州) 기녀 ·

나는 본래 천상의 달 속에 사는 선녀로
인간 세상에 내려와 제일가는 명창이 되었네.
오나라 때 만일 내가 소대에 있었다면
어찌 서시가 오왕을 모시게 되었으리오.

我本天上月中娘　아본천상월중낭
謫下人間第一唱　적하인간제일창
當年若在蘇臺1下　당년약재소대하
豈使西施2取吳王　기사서시취오왕

462

[주석]

1. 소대(蘇臺) 서시(西施)가 놀던 곳.

2. 서시(西施) 중국 월(越)나라의 미인. 월왕 구천(勾踐)이 오왕 부차(夫差)에게 서시를 보내어 부차가 그녀의 용모에 빠져 있는 사이에 오나라를 멸망시켰음.

[대의]

자신이 천상에 있는 선녀로 인간 세상에 내려와 제일가는 명창이 되었으나, 홀로 쓸쓸하게 보내는 안타까운 신세를 읊었다.

— 전주 기녀 미상.

463

한 국 한 시 선
[해동시선海東詩選]

초판 인쇄 2025년 2월 20일
초판 발행 2025년 2월 25일

역 자 조 두 현

발행인 金 東 求

발행처 명 문 당(창립 1923년 10월 1일)
　　　서울시 종로구 윤보선길 61(안국동)
　　　우체국 010579—01—000682
　　　전 화 (02) 733—3039, 734—4798
　　　FAX (02) 734—9209
　　　Homepage　www.myungmundang.net
　　　E—mail　mmdbook1@hanmail.net
　　　등록 1977.11.19. 제1—148호

ISBN　979—11—94314—16—5　03810